本专著系 2017 年度河南省教育厅人文社会科学研究项目研究成果（乔治·爱略特 作品中的 "英国性" 研究，2017-ZDJH-185）。

乔治·爱略特作品中的国民性研究

杜海霞　卢艳梅◎著

北京工业大学出版社

图书在版编目（CIP）数据

乔治·爱略特作品中的国民性研究 / 杜海霞，卢艳梅著 . — 北京：北京工业大学出版社，2024.10重印

ISBN 978-7-5639-6738-4

Ⅰ．①乔… Ⅱ．①杜… ②卢… Ⅲ．①爱略特（Eliot, George 1819 — 1880）—小说研究 Ⅳ．① I561.074

中国版本图书馆CIP数据核字（2019）第 023404 号

乔治·爱略特作品中的国民性研究

著　　　者：杜海霞　卢艳梅
责任编辑：刘卫珍
封面设计：王　斌
出版发行：北京工业大学出版社
　　　　　（北京市朝阳区平乐园 100 号　邮编：100124）
　　　　　010-67391722（传真）　　bgdcbs@sina.com
经销单位：全国各地新华书店
承印单位：三河市元兴印务有限公司
开　　本：787 毫米 ×960 毫米　1/16
印　　张：8
字　　数：140 千字
版　　次：2021 年 10 月第 1 版
印　　次：2024 年 10 月第 3 次印刷
标准书号：ISBN 978-7-5639-6738-4
定　　价：52.00 元

版权所有　　翻印必究

（如发现印装质量问题，请寄本社发行部调换 010-67391106）

前　言

乔治·爱略特（George Eliot，1819—1880）是英国维多利亚时代最杰出的小说家之一，更有"维朝三大家之一"的美誉。"英国性"（Englishness）是贯穿爱略特创作过程的主线和核心命题。国内外学者对此进行过积极探索，但是这些探索只局限于某个角度或者单一文本，并没有整体涉及爱略特复杂的思想和文学表征。如何从整体上认识爱略特对"英国性"的反思和建构是本书试图回答的主要问题。作为一种身份研究，"英国性"指的是英国的国民性，它包括英国社会和国民具有的、区别于他者的所有特征，它是具体社会和文化的产物。

维多利亚时代是一个进步的时代。当时英国的国力和疆域都达到了顶峰，似乎人人都能实现自己的远大理想。但是，这也是一个充满危机感和困惑的时代。工业梦魇下共同体的缺失、两性关系的不平等、阶级文化的无政府状态、霸权意识的盛行都成为当时社会的典型特征。如何改造"英国性"，建构民族文化成为一个十分紧迫的问题。

本书以爱略特的七部小说和一部诗剧为主要研究对象，结合历史背景和文化研究的相关视角，从对"英国性"的批判和建构两个维度探讨"英国性"。第一章简要介绍了爱略特精彩的一生，并着重对爱略特作品的研究成果进行概述；第二章聚焦英国"国民性"中病态的一面，通过探讨英国社会的工业性、等级性、排他性来凸显爱略特对民族文化的批判和焦虑。英国社会的工业性弊端主要体现在工具理性和现金联结两个方面；而英国的等级弊端在不平等的性属关系以及阶级文化。女性在教育、工作和婚姻方面都处于边缘性地位，被排除在主流的"英国性"之外，而英国社会的三个阶级（贵族、中产阶级、工人阶级）各自拥有自己的局限，无法承担领导国家的重任，从而导致社会的无政府状态。英国社会的排他性表现为岛国气质的狭隘性和帝国意识的霸权性，它们是英国民众傲慢与偏见的产物。爱略特对"英国性"的重塑从建构"自我"和共同体文化两方面展开。第三章探讨爱略特如何通过倡导同情、责任、正义感这些美德来建构"最佳自我"。对爱略特来说，同情是一种道德情感，是对他人苦难的理解，也是超越"自我"的重要手段；责任意味着忠实于家庭和民族；正义指的是能够客观公正地看待事物并拥有诚实、正直的美德。第四章研究爱略特如何通过共同体文化来建构"英国性"，主要表现为乡土的滋养、女性的使命和世界主义的愿景。爱略特对乡土的珍视体现出一种扎根意识和对故土的依恋。她也承认女性可以通过对家庭共同体和民族共同体的维护参与了共同体文化的建构。爱略特的世界主义视野在于她独一无二的"他者"意识，她也希望通过这种意识塑造出"英国性"中开放、多元化的一面。

通过考察"英国性"的多重表现方式，我们可以看出"英国性"是与英国的社会和文化有着密切关联的动态系统。爱略特对"英国性"的书写正是为了建构英国的民族身份，提升英国民众的文化品位。满怀焦虑的爱略特在批判"英国性"的同时，试图建构一种注重道德教化和共同体文化的"英国性"，借此来表达对理想社会的美好期许。这也许是爱略特的作品长盛不衰的原因之一。

作者

2018 年 7 月

目 录

第一章 乔治·爱略特作品及研究概述 ……………………… 1
  第一节 乔治·爱略特的作品 ……………………………… 1
  第二节 对乔治·爱略特作品的研究概述 ………………… 2
第二章 爱略特对国民性的批判 ……………………………… 19
  第一节 工业梦魇下的精神荒原 …………………………… 19
  第二节 男权文化中的性别关系 …………………………… 25
  第三节 阶级文化弊端导致的无政府状态 ………………… 31
  第四节 岛国气质与帝国意识 ……………………………… 37
第三章 爱略特对"自我"的建构 …………………………… 48
  第一节 "由己及人"的同情 ……………………………… 48
  第二节 神圣的责任 ………………………………………… 55
  第三节 正义与正直 ………………………………………… 60
第四章 爱略特对共同体文化的建构 ………………………… 66
  第一节 乡土的滋养 ………………………………………… 66
  第二节 女性的使命 ………………………………………… 72
  第三节 世界主义愿景 ……………………………………… 78
参考文献 ………………………………………………………… 86
附录一 …………………………………………………………… 98
附录二 …………………………………………………………… 108
结 语 …………………………………………………………… 111

第一章 乔治·爱略特作品及研究概述

乔治·爱略特①（George Eliot, 1819-1880）是英国维多利亚时期最杰出的小说家之一，她大器晚成（三十七岁时才开始文学创作），却为后世留下丰富的精神遗产。

第一节 乔治·爱略特的作品

乔治·爱略特一生共创作了七部长篇小说、两部短篇小说、一部中篇小说集和一部散文集以及少量诗歌作品。她还曾翻译过三部哲学著作，并在《威斯敏斯特评论》（*Westminster Review*）上发表过不少评论文章。爱略特的作品深受世界各国人民喜爱并且广受评论界关注，还收获了不少褒奖。伍尔夫（Virginia Woolf）称她为"女性中的骄傲和典范"，其成熟之作《米德尔马契》（*Middlemarch*，1872）"属于屈指可数的几部为成年人所写的小说之列"。1994年，英国广播公司（BBC）将这部经典名著改编成电视剧，这在西方又引发了一场讨论《米德尔马契》的热潮。英国著名评论家利维斯（F. R. Leavis）在《伟大的传统》（The Great Tradition, 1948）一书中把奥斯汀（Jane Austen）、爱略特、詹姆斯（Henry James）、康拉德（Joseph Conrad）并称为最能代表英国文学伟大传统的作家，并认为爱略特作品中有"一种托尔斯泰式的深刻和真实性"。布鲁姆（Harold Bloom）在《西方正典》（*The Western Canon*，1995）中也将爱略特列入二十七位世界文学大师。这一切足以说明爱略特所取得的杰出成就。

爱略特的作品以大胆的实验，现实主义的笔法，高尚的道德诉求，锐利的讽刺，丰富的社会政治思想内容以及对人际关系、个人的复杂心理和人生哲理的深刻理解为特点，并试图在"静态与动态原则、秩序与进步、

---

① 到目前为止，国内学界对 George Eliot 的译法有两种，分别是艾略特和爱略特，为了行文方便，笔者将 George Eliot 研究成果以及本书中对该作家的称呼统一翻译成乔治·爱略特，特此说明。

传统与启蒙、心灵与头脑中取得平衡"。爱略特生活在充满纷争、怀疑的转型时代，如何想象、定位和书写处于转型时期的英国身份是每一位英国作家必须面对和思考的问题。身为一名女作家，爱略特也企图从时代的变迁中找出一些意义，使陷落在其中的人们能够得到认同的机会。爱略特的作品生动地再现了自己对民族性格的深刻认知。如何彰显"英国性"（Englishness）①，建构民族身份和民族文化是其作品的显著特征之一，也是本书试图回答的主要问题。在提出问题之前有必要针对他人对爱略特的研究进行简要梳理。

第二节 对乔治·爱略特作品的研究概述

作为最能代表英国文学伟大传统的小说家之一，爱略特一直是中西方学术界的研究热点，相关学术成果也不断涌现。对爱略特的研究已经走过一百四十余年的历史，其研究成果可谓汗牛充栋，呈现出一派"众声喧哗"之景。在 JSTOR 数据库中，输入爱略特的名字共得到 41371 个词条，Pro-Quest 学位论文检索平台显示与爱略特相关的硕博论文共 251 篇。此外，英语学界还有两本学术杂志和一个网站专门研究爱略特，分别是《乔治·爱略特—刘易斯研究》（*George Eliot-George Henry Lewes Studies*）和《乔治·爱略特评论—乔治·爱略特学刊》（*George Eliot Review-Journal of George Eliot Fellowship*），研究爱略特的网站出现在 Victoria Web 中。国家图书馆的藏书显示，研究爱略特的专著多达 200 多部。下文将从国外和国内两个方面，对他人对爱略特的研究成果进行梳理，以观爱略特研究的发展历程及全貌，为本书选题提供初步的学理支撑。

一、国外研究综述

国外对爱略特的研究比较早，科研成果也比较丰富。现主要从两个阶段即早期批评和现代批评来归纳总结，分界线是第二次世界大战。

爱略特在世时是英国学界极为推崇的小说家，她和爱侣刘易斯（George Henry Lewes）的住所也成为"国民朝圣的殿堂"。1872 年，梅因

---

① 目前，Englishness 一词有两种译法，分别是"英格兰性"和"英国性"，这里探讨的 Englishness 是指英国作为一个国家或民族这一整体的文化特征，以区别于仅仅探讨英格兰地区文化特色的"英格兰性"，所以采用"英国性"的翻译。

(Alexander Main) 编纂了《爱略特妙语录》(*Wise, Witty, and Tender Sayings of George Eliot*) 来表达对其的热爱之情。评论家们普遍认为爱略特是一位带着同情和幽默之心刻画普通人日常生活的小说家。爱略特的巅峰之作《米德尔马契》让批评界注意到小说的科学话语和心理描写,而她最后一部小说《丹尼尔·德隆达》(*Daniel Deronda*, 1876) 中的犹太情节则毁誉参半。早期研究主要集中在简要介绍爱略特作品和传记上。传记研究的代表人物是爱略特的丈夫克罗斯(J. W. Cross),他所编撰的《爱略特生平:日记与信函》(*George Eliot's Life as Related in Her Letters and Journals*, 1885) 是研究爱略特生平的权威版本,但是这本书也受到不少诟病,如过于美化爱略特形象、材料的有意取舍使其形象不够丰满,显得严肃和呆板。此外,布朗宁(Oscar Browning)、布兰德(Mathilde Blind)、斯蒂芬(Leslie Stephen)也撰写过爱略特生平,丰富了其形象。尽管有伍尔夫的支持,但19世纪末20世纪初爱略特名声不断下滑却是一个不争的事实。究其原因,这与现代主义文学的兴起不无关联。爱略特作品中的"高度严肃性亦或一本正经(solemnity)可以解释为什么现代主义艺术家摒弃了她"。爱略特作品中的说教和传统的叙事方式变得老套,无法满足现代读者的要求。卡罗尔(David Carroll)认为,她声誉的波动幅度"简直是不可思议的"。

20世纪40年代,英国著名评论家利维斯重新评估爱略特的文学成就,并最终确立了爱略特经典作家的地位。威利(Basil Willey)也对爱略特进行高度评价,"该时期很可能没有一个英国作家,或者一位小说家更全面地记录下时代缩影"。1980年,即爱略特逝世100周年,英语学界举办了不少纪念爱略特的学术活动,英国公众还将她的墓地迁往西敏寺教堂的诗人角,从而掀起了又一个研究高潮,并以此来承认爱略特的作品具有抗拒任何单一、封闭性阐释的生命力,这也标志着爱略特研究呈现出学院化和专业化的特征。值得一提的是,两本学术著作对爱略特研究成果进行了有效整理,分别是卡罗尔的《爱略特批评文集》(*George Eliot: The Critical Heritage*, 1971) 以及胡金森(Stuart Hutchinson)主编的《爱略特:批评的评估》(*George Eliot: Critical Assessments*, 1996)(四卷本),后者在前人基础上,补充了爱略特诗歌研究以及90年代以来当代批评理论范式下的研究成果。

第二次世界大战以后,爱略特研究大致可划分为以下几类:传记批评、传统的主题与形式研究、当代批评理论视野下的阐释和跨学科比较研究。

传记批评的领军人物是耶鲁大学的教授海特(Gordon S. Haight),其专著有《爱略特与约翰·查普曼》(George Eliot and John Chapman, 1940)、《爱略特传记》(George Eliot, A Biography, 1968)、《爱略特的人物原型及同时代人》(George Eliot's Originals and Contemporaries, 1991)。海特的专著建立在第一手资料上,比较客观公正,是所有爱略特研究者和爱好者不可或缺的参考文献。20世纪90年代还有四部传记出版,分别是多德(Valerie A. Dodd)的《爱略特的智性生活》(George Eliot: An Intellectual Life, 1990)、卡尔(Frederick Karl)的《乔治·爱略特:世纪之声》(George Eliot: Voice of Century, 1995)、艾西顿(Rosemary Ashton)的《乔治·爱略特传》(George Eliot: A Life, 1996)和休斯(Kathryn Hughes)的《乔治·爱略特:最后的维多利亚人》(George Eliot: The Last Victorian, 1998)。20世纪90年代的传记研究主要探讨爱略特在女性问题上的含糊态度,其思想演变与时代背景的关系也是持续讨论的话题之一。21世纪以来,爱略特的旅行经历成为传记批评家关注的热点。罗德-博尔顿(Gerlinde Roder-Bolton)把视野转向爱略特自1854年6月到1855年5月在德国的经历,而麦考马克(Kathleen McCormack)在《爱略特的英国之旅》(George Eliot's English Travels, 2005)一书中聚焦爱略特成年之后的旅行经历,以此证明"英格兰的风景为爱略特的想象力提供了丰富的食粮"。随后作者又将目光集中在19世纪60—70年代爱略特事业巅峰期的海外旅行和周末沙龙活动,为读者展现了一个热爱社交、广交好友和善于倾听的女性形象。

乡村生活是批评家最为关注的主题之一。奥斯特(Henry Auster)将爱略特早期小说定位为地方主义(Regionalism),表明爱略特通过回归美好的乡村生活来对抗城市文明。韩德利(Graham Handley)将中部英格兰的乡村背景扩大到爱略特所有作品中,并结合爱略特不平凡的感情经历说明爱略特对乡村的认同感和情感归属。塞默尔(Bernard Semmel)和罗伯茨(Neil Roberts)则认为爱略特笔下的乡村是一个不变的世界,以此表明爱略特田园挽歌式的保守主义。格拉弗(Susanne Graver)在《乔治·爱略特与共同体》(George Eliot and Community, 1984)中借用滕尼斯(Ferdinand Tönnies)的"共同体"(Gemeinschaft)和"社会"(Gesellschaft)两个概念探讨如何建立新社群以面对传统社区的消失的问题。她认为爱略特试图构建"情感共同体"(community of feeling),并"坚信艺术有力量扩展读者的胸怀,使之更有同情心和反应能力;她的美学旨在全面改变人的感受力,进而最终改变社会"。赫尔辛格(Elizabeth K. Helsinger)曾研究爱略特笔下的乡村风景与民族历史的关系,她认为乡村是充满冲突和断裂的场所,民族历史"岌岌可危"。以上研究从不同角度聚焦爱略特的乡村书写,主要讨论爱略特个人身份和阶级意识在塑造乡村中的作用，而忽略了乡土记忆在建构"英国性"中的积极作用。

爱略特的道德观也不断受到批评家关注。詹姆斯认为爱略特的小说是"道德寓言"；利维斯也指出爱略特的作品中的深刻和真实主要来源于对人性的道德关怀；扬（G. M. Young）则认为，"爱略特是维多利亚时代改革中的道德家，具有福音派对责任和隐忍的坚守"；莱文（George Levine）也指出，爱略特作品中的"现实主义道德美学是显而易见的"。爱略特的道德观与她的人本主义宗教观和科学思想密切相关。"同情"（sympathy）是爱略特道德观的关键词之一，爱略特在作品中也多次提到"同情"的概念，"艺术家最大的益处在于扩大我们的同情心"。埃尔马斯（Elizabeth Deeds Ermath）认为同情是爱略特道德生活的核心，但是爱略特提倡的道德行为是同、异并存的，同情和自我表达融合的最终目的是实现个体性和多样性。帕里斯（Alan D. Perlis）认为爱略特伦理观的主旨是个人对完整性的渴望。阿姆斯特朗（Nancy Armstrong）更关注自我和他者的关系，自我实现只能在与他者的关系中得以表达，而内斯特（Pauline Nestor）则认为"差异"是爱略特道德观的核心。但是学术界对爱略特的道德观与"英国性"之间的关系却鲜有回答。

爱略特小说的形式研究也逐渐进入批评家视野。虽然詹姆斯对爱略特小说的形式做过分析，但是并不成系统。真正第一部有关爱略特小说叙事艺术的专著是《乔治·爱略特小说的形式分析》（*The Novels of George Eliot: A Study in Form*, 1959）。作者哈代（Barbara Hardy）采用新批评的范式在细读文本的基础上分析人物的悲剧性、多重叙事视角和意象，她认为爱略特的悲剧意识体现在对普通人的刻画上。哈维（W. J. Harvey）的《乔治·爱略特的艺术》（*The Art of George Eliot*, 1961）同样探讨爱略特小说的结构特征，如叙述视角、时间、意象等。此外，布斯（Wayne C. Booth）和科莫德（Frank Kermode）分别聚焦叙述者的功能以及小说结尾的开放性问题。兰瑟（Susan Lanser）对爱略特作品中的题记进行分析后认为大部分题记是爱略特个人的原创，从而创建了一种超文本和互文本，一种"证实自己文本权威的话语"。米勒（J. Hillis Miller）也是研究爱略特叙事艺术的集大成者，他的研究成果经历了从形式主义到后结构主义的转变。在《〈米德尔马契〉中的光学与符号》（"*Optic and Semiotic in Middlemarch*", 1975）一文中，米勒指出该小说通过证明所有观看只是一种阐释的观点解构了全知视角，他认为客观的立场根本不存在。他的最新著作《为我们的时代而读：再探〈亚当·比德〉和〈米德尔马契〉》（*Reading for Our Time: Adam Bede and Middlemarch Revisited*, 2012）结合当代民族和政治危机背景，采用解构主义视角对爱略特的两部小说进行全新解读。他把这本书看成是"羊皮纸（palimpsest），多层次，不断改写的，在某种程度上是十分开放的"。米勒还指出最好的阅读是必须能进行反阅读的阅读。

随着当代批评理论的兴起，用新兴的批评理论阐释文学作品成为一种潮流，这也使爱略特研究焕发出新的生命力。主要研究视角有女性主义、心理分析、西方马克思主义、后殖民主义和族裔批评。

20世纪70年代，女性主义批评激发了新的爱略特研究热潮。早期女性主义批评家对爱略特表示不满，指责她采用男权化视角。她的女主人公对环境和家庭关系有着"近乎奴性的依附"，是"自我牺牲式的受虐狂"（self-sacrificing masochism），体现出"柔弱的反女性主义"（feminine antifeminism）倾向。在很长一段时间内，她被女性主义者视为男权社会代言人，代表性论文有奥斯丁（Zelda Austen）的《女性主义批评家为什么对爱略特表示愤怒》（"Why Feminist Critics Are Angry with George Eliot", 1976）以及肖瓦尔特（Elaine Showalter）的《嫉妒乔治姐姐》（"The Greening of Sister George", 1980）。比尔（Gillian Beer）于1986年重新客观地评估了爱略特的立场。她指出一方面爱略特没有女性主义者的激进，另一方面她也熟悉妇女运动并支持女性接受教育和拥有工作的权利。吴格罗（Jenny Uglow）也从爱略特的生活经历入手，追溯她对女性问题关注的过程。她称赞《罗慕拉》（*Romola*, 1863）是对女性角色最出色的展示。巴雷特（Dorothea Barrett）的专著《职业和欲望：乔治·爱略特的女主人公》（*Vocation and Desire: George Eliot's Heroines*, 1989）综合运用传记批评、女性主义和心理分析的方法，质疑爱略特保守、说教的形象，并努力挖掘其作品中愤怒、色情、颠覆性的因素。布雷迪（Kristin Brady）在《乔治·爱略特》（*George Eliot*, 1992）一书中从海特传记中的性别偏见入手，对爱略特生平和作品做出女性主义解读，揭示爱略特顺从男性视角与打破陈规之间的矛盾性。尽管批评界对爱略特的女性观争论不断，难以达成共识，但是西罗特妮（June Skye Szirotny）在《乔治·爱略特的女性主义：反叛的权利》（*George Eliot's Feminism: "The Right to Rebellion"*, 2015）一书中，还是把爱略特划入女性主义者阵营，称其为"保守的具有改革精神的知识分子"（conservative-reforming intellect）。这种划分按西罗特尼，原因有二：一是爱略特作品体现了对女性反抗从排斥到支持的转变；二是她的每一部作品都支持当时女性运动所涉及的几个方面来反对父权制社会，为妇女争取在婚姻、教育、职业、子女赡养方面的自主权。这一态度的转变以爱略特的诗剧《西班牙吉普赛人》（*The Spanish Gypsy*, 1868）为界。可见，对爱略特作品中女性主义的解读经历了从一味指责她的男性化视角，调整到多角度、全方位地阐释其作品的丰富内涵的过程。但是学术界对爱略特作品中女性主义的解读主要聚焦爱略特对两性关系的思考，而没有探讨女性在构建"英国性"中发挥的重要作用。

爱略特小说中的心理分析手法被认为开创了现代主义文学的先河，詹姆斯、劳伦斯（D. H. Lawrence）、伍尔夫等都从中汲取了不少营养。埃默里（Laura Emery）的专著《爱略特的创造性冲突：沉默的另一面》（*George Eliot's Creative Conflict: The Other Side of Silence*, 1976）运用弗洛伊德（Sigmund Freud）的理论探讨作者在五部小说中应对欲望和不安的过程。她认为《弗洛斯河上的磨坊》（*The Mill on the Floss*, 1860）结尾的洪水一幕就表现出爱略特的不安全感。萨多夫（Diane F. Sadoff）书写的《情感的魔鬼：狄更斯、爱略特、勃朗特对父性的认知》（*Monsters of Affection: Dickens, Eliot and Brontë on Fatherhood*, 1982）专辟一章论述爱略特与父亲的复杂关系，她指出德隆达（Deronda）最后接受莫德凯（Mordecai）的民族理想，表达了作家依从孝道的愿望。帕里斯（Bernard J. Paris）在《重读爱略特：对其生活实验的再认识》（*Rereading George Eliot: Changing Responses to Her Experiments in Life*, 2003）中借用霍妮（Karen Horney）的心理治疗理论来解析《米德尔马契》和《丹尼尔·德隆达》两部小说中女主人公的心理创伤和挫败感。戴维斯（Michael Davis）同样认为爱略特受到心理学影响，并认为"心灵既可能具有正面的道德力量，又是激进的，甚至是具有破坏性的自我主义异化的根源"。同时每个心灵都是一个复杂的有机体，是离不开社会和物质媒介但又是独立的实体，心灵和情感正是在个人和社会的互动中形成的动态关系。

此外，一些批评家采用西方马克思主义的视角来思考爱略特的小说，特别是《菲利克斯·霍尔特》（*Felix Holt*, 1866）中的政治、阶级和意识形态主题，主要批评家有凯特尔（Arnold Kettle）、威廉斯（Raymond Williams）、伊格尔顿（Terry Eagleton）、加勒赫（Catherine Gallagher）、科顿姆（Daniel Cottom）、大卫（Deirdre David）。马克思早在1869年写给女儿的信中就指责过霍尔特（Felix Holt）的"装腔作势"。凯特尔批判了爱略特的机械主义哲学，认为米德尔马契是一个静止的世界。威廉斯的主要观点是爱略特的小说是处于两类小说中间地带，即强调等级制的传统中产阶级小说和注重个人发展的现代小说的。她的小说虽然对工业文明有所批判，但也具有中产阶级的"恐暴"意识，即"认识到邪恶，但又害怕介入。同情未能转化成行动，而是退避三舍"。伊格尔顿也主张"爱略特的小说意识形态结构留下了与维多利亚资本主义及其政治机器不断合作的特点"。加勒赫认为爱略特的政治主张与阿诺德（Matthew Arnold）的文化观具有一致性,霍尔特是阿诺德所定义的"最佳自我"(best self),他是出身于工人阶级的文化人,但是又无法摆脱阶级的制约。科顿姆也指责爱略特试图将阶级关系转换成超历史的问题,指出"爱略特写作中的主导因素是中产阶级道德观而不是文学和历史分析"。他还认为爱略特的同情观旨在建立人类的精神身份,从而遮蔽了19世纪英国紧迫的社会、政治身份问题。大卫也用"共谋"(complicit)一词来形容爱略特的政治主张。可见,大部分马克思主义批评家一致认为爱略特对英国文化的书写只是体现了中产阶级意识形态,并不具备民族意识和普世价值。

20世纪90年代以来,后殖民批评和族裔批评风生水起,批评家开始对"英国性"概念中的意识形态内涵展开研究。早在20世纪70年代末,深受威廉斯影响的萨义德(Edward Said)就研究过《丹尼尔·德隆达》中的帝国主义意识形态,并认为爱略特的犹太复国主义(Zionism)实际上是将东方变成西方的手段。步其后尘的批评家还有迈尔(Susan Meyer)、路易斯(Reina Lewis)、莱恩汉(Katherine Bailey Linehan)、莱斯加克(Carolyn Lesjak),她们普遍认为《丹尼尔·德隆达》中貌似反帝国主义倾向中隐含着与帝国主义的共谋。爱略特作品中存在"一种意识形态冲突——一方面借用女性主义视角批判帝国主义,另一方面又支持民族主义、种族主义和父权制"。罗伯特(J. C. Young Robert)也指出德隆达对犹太人的反应是恐外情结(xenophobic panic)的外化,从而展示爱略特对"英国性"的浸染和消解的焦虑。在《成为英国人:从柯勒律治到特罗普的民族身份叙事、俗语和操演》(*Being English: Narratives, Idioms and Performances of National Identity from Coleridge to Trollope*, 1994)一书中,沃弗雷(Julian Wolfreys)在其中一章研究爱略特对民族身份的思考。他认为德隆达代表中上层阶级的托利—自由主义(Tory-Liberalism)的意识形态,其犹太人身份表明爱略特对他者的认同,但是德隆达离开英国的结局又边缘化了他者,"否认了他性",同样体现出爱略特的霸权意识。与上述观点不同的是,牛顿教授(K. M. Newton)将德隆达去巴勒斯坦的殖民倾向与美国的被殖民历史做了一番对比。他认为殖民活动并不一定是件坏事,完全反对殖民活动就意味着否定历史,同时小说中的开放式结尾也说明爱略特对殖民活动持保留态度。罗德斯坦(Susan de Sola Rodstein)则重点分析《哥哥雅各布》("*Brother Jacob*", 1864)中的反帝国主义倾向。她指出福克斯(David Faux)对蔗糖的依赖建立在传统的帝国欲望之上,他选择去牙买加也是基于帝国主义的幻想,即种族优越感和不劳而获的财富,而这一经历并没有满足他发家致富的幻想,从而批判了英国对西印度群岛蔗糖的依赖以及自由贸易政策。麦考(Neil McCaw)则探讨内部殖民问题,即《亚当·比德》（*Adam Bede*, 1859）中的爱尔兰问题。他认为爱略特对1801年的爱尔兰政治危机并不陌生，小说中有关爱尔兰的背景有着深刻的意识形态内涵。亚当（Adam）和亚瑟（Arthur）分别代表"英国性"的两面——旧的价值体系和社会制度，而海蒂（Hetty）代表"爱尔兰性"。在两位男主人公的助推下，海蒂走向灭亡，小说大团圆的结尾也预示着爱尔兰在英国历史中的缺席，从而掩盖了18世纪末爱尔兰的争端问题，展现出爱略特中产阶级霸权主义的意识形态。

亨利（Nancy Henry）对大英帝国的殖民活动做了比较系统的研究，她在《爱略特与大英帝国》（*George Eliot and the British Empire*, 2002）一书中将爱略特的生平和作品置于19世纪中期英国的殖民主义和帝国主义活动的语境中。爱略特的海外投资事业、与去殖民地冒险的刘易斯之子的交流以及对冒险文学的阅读都渗透到爱略特的作品中。作者重新审视后殖民批评和维多利亚小说的关系，并认为《丹尼尔·德隆达》"既有博爱性又有民族性"。这一新视角可以澄清爱略特作品中对帝国的指涉、现实主义创作观、道德观和民族身份问题。她还指出，"爱略特的小说保留了一种独特的'英国性'，为大不列颠的移民和读者提供了民族身份的试金石"。在《黑色微笑：爱略特作品中的种族和欲望》（*Dark Smiles: Race and Desire in George Eliot*, 2003）中，卡罗尔（Alicia Carroll）将女性问题与种族问题相结合，她认为爱略特并不是帝国主义价值观的支持者，因为其作品中都有"他者"存在，并且具有性欲望的指涉，爱略特对他者的刻画打破了种族界限和文化牢笼，挑战了传统的家庭观念，颠覆了"具有殖民主义和家庭意识形态的男性中心主义的情节"。纳布海和牛顿（Saleel Nurbhai and K. M. Newton）的合著《犹太教和小说：犹太神话和神秘主义》（*Judaism and the Novels: Jewish Myth and Mysticism*, 2001）也关注到犹太人问题，但他们并不谈论种族身份问题，而是通过对犹太神话的探讨，展示爱略特小说中寓言和神话色彩的一致性（allegorical and mythical unity），从而将个人、民族、甚至超民族的问题联系在一起。拉弗西（Oliver Lovesey）的专著《后殖民语境下的爱略特》（*Postcolonial George Eliot*, 2017）是研究爱略特的最新成果之一。作者将爱略特置于后殖民语境，通过讨论爱略特的四部小说《亚当·比德》《牧师生活场景》《菲利克斯·霍尔特》和《米德尔马契》来揭示爱略特对维多利亚时代英国民众单一的、同质的霸权性观念的挑战。可见，这些批评家对爱略特作品中"英国性"的探讨主要聚焦在种族主义和殖民主义上，抑或彰显爱略特思想的超前性和批判性，抑或对爱略特的中产阶级霸权主义思想展开批判，但是批评家主要针对《丹尼尔·德隆达》中的犹太情节进行讨论，对爱略特其他作品中"英国性"的表征关注还不够多,特别是几乎忽略了诗剧《西班牙吉普赛人》中的民族意识,同时批评家对爱略特作品中对中国形象和非洲形象的指涉也鲜有关注,因此尚存在进一步阐释的空间。

除了以上借助当代批评理论视角阐释爱略特作品以外,西方学界的跨学科研究成果颇丰,主要有对科学、音乐、绘画方面的阐释,同时还有不少具有影响性的研究。20世纪80年代以来,爱略特小说中的科学主题重新激发批评家的兴趣,形成新的学术热点,代表人物有比尔(Gillian Beer)、沙特沃尔思(Sally Shuttleworth)、罗斯菲尔德(Lawrence Rothfield)等。他们的研究成果表明爱略特的科学思想受达尔文的进化论、斯宾塞(Herbert Spencer)的社会进化论和孔德(Auguste Comte)的实证主义(Positivism)影响。比尔在《达尔文的情节:达尔文、爱略特、19世纪小说中的进化论叙事》(*Darwin's Plots*: *Evolutionary Narrative in Darwin, George Eliot and Nineteenth-Century Fiction 3rd ed*, 2009)中从达尔文的进化论入手,分别讨论达尔文对想象力和小说叙事的重视以及进化论对爱略特的影响。她认为达尔文对爱略特的影响体现在对起源的追寻以及万物之间相互连接的动态关系,爱略特对"网"这一意象的钟爱是最佳体现。在《乔治·爱略特和19世纪科学》(*George Eliot and Nineteenth-Century Science*: *The Make-Believe of a Beginning*, 1984)中,沙特沃尔思从科学上的有机论入手,延伸到社会学领域来分析爱略特的七部小说,作者认为爱略特对进化论思想的接受具有矛盾性,一方面赞同进步,另一方面对女性的自我牺牲又持保留态度。

医学也是批评家关注的热点之一。罗斯菲尔德认为爱略特小说中的叙述者如同医生一般具有精准的观察能力,被称为医学现实主义(medical realism)。福斯特(Lilian R. Furst)则分析《米德尔马契》中利德盖特(Lydgate)作为一名新医生在医疗改革中所受到的阻力。凯德威尔(Janis Maclarten Caldwell)在《19世纪英国的文学与医学》(*Literature and Medicine in Nineteenth-Century Britain*, 2004)一书中再现《米德尔马契》中一个持续到当代的医学争论,即医生是应该依靠病人自己对病情的叙述还是医生自己的感知对病人的身体进行诊断。爱略特的小说体现了如何平衡情感投入与疏离的问题,属于"浪漫唯物主义"(Romantic materialism)。贝林(Miriam Bailin)和吴来托(Athena Vrettos)审视疾病与维多利亚小说的关系,前者认为病房可以成为解决社会冲突的场所;后者认为疾病叙事深刻地影响了维多利亚人的日常生活。卡朋特(Mary Wilson Carpenter)在论文《医学世界主义:〈米德尔马契〉、霍乱和男性气质病理学》("*Medical Cosmopolitanism*: *Middlemarch, Cholera and the Pathologies of Masculinity*",

2010）中分析《米德尔马契》中霍乱（cholera）、世界主义和男性气质之间的关系，从而揭示爱略特对无根性和男性道德失序的焦虑。在《爱略特的〈米德尔马契〉：对医学职业化的贡献》（"George Eliot's Middlemarch: a Contribution to Medical Professionalism"）一文中，作者罗辛（A. Rosin）探讨了爱略特对19世纪中期医生职业化、社会公益化医院兴起、医生社会地位对其婚恋问题影响的反思，但并未讨论社会转型时期的医学伦理问题，特别是医生如何利用"道德资本"（moral capital）实现社会正义的话题。

科雷亚（Delia da Sousa Correa）的专著《乔治·爱略特、音乐和维多利亚文化》（*George Eliot, Music and Victorian Culture*, 2003）研究爱略特与音乐的关系。作者将科学话语与艺术联系在一起，认为爱略特对音乐的兴趣是受斯宾塞提出的音乐进化论的影响。爱略特将音乐看成是"同情式交流的有效方式"，同时强调音乐与女性家庭空间和文化经历的关系。爱略特通过音乐展示出个人，特别是女性陷入生物和历史无情泥潭的困境。

怀特迈尔（Hugh Whitemeyer）是系统研究爱略特小说中绘画艺术的重要批评家，其专著《乔治·爱略特与视觉艺术》（*George Eliot and the Visual Arts*, 1979）通过分析爱略特的生平表明爱略特受不同画派（如历史画和风俗画）和贺拉斯"诗如画"（ut pictura poesis）观念的影响，她的作品具有真实、轻松、简洁而明亮的"画风"，同时爱略特的作品风格多变，并不仅仅是一位只注重写实的荷兰风俗画家（Dutch Realist）。此外，20世纪末的批评家还关注到爱略特与欧洲文明和文学的关系，从而表明"爱略特比同时代的大多数人更熟悉欧洲大陆的主要国家以及它们的文学和文化遗产"，代表性著作有《爱略特与福楼拜》（*George Eliot and Flaubert*, 1974）、《爱略特与乔治·桑》（*George Eliot and George Sand*, 1996）、《爱略特与欧洲》（*George Eliot and Europe*, 1997）、《爱略特与意大利》（*George Eliot and Italy*, 1998）、《爱略特，欧洲作家》（*George Eliot, European Novelist*, 2011）、《爱略特在欧洲的接受情况》（*The Reception of George Eliot in Europe*, 2015）。

爱略特的小说一直备受国内外学者和读者关注，但是诗歌并未引起重视，长期处于"隐身"状态。直到21世纪，这种现象才有所改观。2005年和2008年西方学界分别出版了由布洛克（Antonie Gerard van den Broek）重新校对编写的《爱略特短诗全集》（*The Complete Shorter Poetry of George Eliot*）以及《西班牙吉普赛人》，书中包含详细的注释和各版本的对比，成为研究者的权威版本。2011年《爱略特-刘易斯研究》杂志推出题为"爱略特诗歌的文化定位"专栏，集中讨论爱略特诗歌中非传统女性观与形式上的实验。威廉斯（Wendy S. Williams）的专著《爱略特：女诗人》

(*George Eliot, Poetess*, 2014) 是英美学界第一部研究爱略特诗歌的著作。作者展示了爱略特如何用特定的女性诗人身份，而不是通过正统的宗教信仰，来提出她的同情学说，从而还读者一个更完整和更准确的作家形象。她具体谈到了爱略特对妇女问题进步又传统的一面，以及女性群体和母性的问题。

总体来说，西方对爱略特的研究经历了从简单的生平作品介绍，到传统的主题和形式分析，到当代文学理论下的深化和多样化，再到全球化背景下的政治文化的转向和跨学科研究的转变。不管批评家的立场观点如何，所围绕的中心议题主要有：爱略特以"同情和利他主义"为核心的道德观、对传统的珍视和新思潮的接受、对艺术的不懈追求、对工业化英国的批判和对社会有机发展的美好期许。正是在新视角的阐释下，爱略特作品不断焕发新的生命力。在全球化大潮作用下，新世纪的爱略特研究者更是将精力集中在对"英国性"的探讨上。如何建立独立的民族身份，彰显民族的文化特性，处理好与他者的关系成为新的热门话题之一。

二、国内研究概述

"爱略特是被我国的外国文学界所冷落的人物。"在清末和"五四"两次大的翻译浪潮中，爱略特并未引起国人关注。1911年，《妇女时报》第二期发表了周瘦娟的文章《英国女小说家乔治·哀列奥脱女士传》，该文对爱略特的生平和作品进行过详细评述，成为我国介绍英国女作家的开端。1917年，美国美以美会（The Methodist Episcopal Church）传教士亮乐月（Laura M. White）将《罗慕拉》最早翻译成中文，题为《乱世女豪》，译本强化了小说的基督教色彩和道德教化意图。国内学者梁实秋于20世纪20年代末30年代初将《织工马南》译为中文，成为首部国人翻译的爱略特作品。

爱略特作品的译介工作主要始于改革开放，目前已有六部作品译为中文，艾西顿撰写的爱略特传记中译本也已经出版。但是爱略特的两部长篇小说《菲利克斯·霍尔特》和《丹尼尔·德隆达》以及短篇小说、诗歌作品、散文集《西奥弗拉斯特斯·萨奇的印象》（*Impressions of Theophrastus Such*, 1879）以及个人书信和日记却未见译著出版。

20世纪90年代，朱虹女士在《英国小说的黄金时代》一书中，着重分析了《米德尔马契》中的幻灭主题，揭示了当时社会普遍的信仰危机。她还对20世纪90年代以来维多利亚文学批评（包括爱略特研究）做过总结，认为学界"打破了固定的阅读视角；相对主义、含混性和多义性取代绝对、单一的评判标准,作者的权威让位给读者的阐释,社会学的分析容纳文化的批评;阶级政治的观点不排斥性别的视角"。随着国内爱略特研究不断深入,目前已经有十几部专著出版,做出比较杰出贡献的学者主要有马建军、殷企平、廖昌胤、乔修峰、高晓玲、杜隽、龙艳、罗灿、张金凤等。

马建军的《乔治·爱略特研究》是国内第一部系统研究爱略特的专著。他从创作生涯、创作思想与艺术、代表作赏析、爱略特批评等四个方面对爱略特进行了比较全面和客观的介绍,还重点分析了爱略特的有机社会观和历史观,为国内爱略特研究学者和爱好者提供了重要参考。

殷企平、廖昌胤、乔修峰论著的最大亮点是把中国背景和中国关怀作为阅读爱略特作品的出发点。殷教授的专著《推敲"进步"话语》全面剖析了当时英国社会的文化顽疾,展示了19世纪"进步"潮流冲击下英国社会的"情感结构"(structure of feeling)。他认为爱略特通过对商品文化进行批判来表达对"进步"话语强烈的质疑,从而"奏出了霸权主旋律的反调,奏出了一组质疑'进步',质疑速度,质疑现金联结的音律"。廖昌胤在《悖论叙事——乔治·爱略特后期三部小说中的政治现代化悖论》一书中结合马克思主义唯物辩证法以及文化研究的相关理论,从政治和阶级的角度深入审视了爱略特后期三部小说中的政治现代化悖论问题,展示了乡村政治现代化进程中的种种矛盾冲突,再现了政治改革的困境和爱略特悖论叙事结构的一致性。乔修峰则把"责任"在爱略特后期四部小说中的体现作为博士论文的研究对象。他从"重复"现象和语言问题两个方向取证,从女性责任、改革中知识分子的职责和乡土之情的滋养三方面说明爱略特的"责任"观念在当时社会的意义。作者还指出爱略特最初在中国不受重视的原因在于爱略特的社会融聚观念与当时中国寻求自由主义和变革的社会氛围不符,并强调"责任"对当下中国社会建设的意义,但是作者没有回答责任在建构"英国性"中发挥的作用。

伦理道德是爱略特作品中的重要命题,杜隽的专著《乔治·爱略特小说的伦理批评》采用伦理学的批评视角来分析各种人物,从宗教道德、家庭伦理、政治道德三方面讨论了爱略特作品(包括不太受关注的小说《罗慕拉》)中的深刻内涵。夏文静在博士论文《英国维多利亚时期女性小说文学伦理学批评:以三位代表作家为例》中探讨了爱略特前期和后期创作中不同的伦理观。

爱略特对知识的认识也是爱略特研究的重要话题之一。高晓玲认为爱略特把情感看作一种知识,或者是获得知识的一种方式。她分别讨论了"情感"和"知识"两个概念,情感认识论的思想渊源(斯宾诺莎、费尔巴哈、浪漫主义和实证主义）以及在爱略特的两部代表作（《佛洛斯河磨坊》和《米德尔马契》）中体现的情感观点。王淑芳的博士论文以《米德尔马契》为主要文本，从知识和人生的角度研究了小说中的三位女主人公，探讨了她们从学校教育、家庭教育和生活经历中获取的知识对人生的重要影响。她认为玛丽（Mary Garth）的知识观是最贴切的，因为她的知识主要源自生活和实际技能，所以能对自己掌握的知识和承袭的道德观有清晰的认知，而多萝西娅（Dorothea Brooke）和罗莎蒙德（Rosamond Vincy）具有不同程度的利己主义知识观。

不少学者还讨论过爱略特作品中的女性问题。龙艳的专著《激进而保守的女性主义：英国作家乔治·爱略特研究》从激进的宗教观和保守主义政治观两个层面聚焦爱略特的女性观，她认为爱略特的性别观超越了本质主义，并主张通过神性来实现男女平等。范一亭的英文专著《维多利亚小说的资本、文化和性别研究》以空间理论和女性主义理论为支点，结合维多利亚晚期小说，探究了资本主义对女性性别建构的影响。他认为爱略特作品中的女主人公用文化教育抵制金钱和资本，但是回归家庭的结局又使其无法摆脱父权的规训，从而揭示资产阶级文化教育只是空想这一事实。

王海萌和张磊主要从文化研究的视角探讨爱略特的小说。王海萌的专著《建构文化：乔治·爱略特小说中的维多利亚时代中产阶级自我塑形研究》采用文化研究视角，力图通过一系列现代性话语对维多利亚时代的中产阶级文化进行深入分析。这本专著围绕爱略特的四部小说，从霸权意识、性属关系、文化特征三个方面对中产阶级的自我形塑进行阐释，并指出爱略特在中产阶级身份建构上表现出的复杂性反映了作家本人身为中产阶级成员所固有的文化矛盾。张磊的专著《肯认与焦虑——乔治·爱略特小说中音乐文化的意识形态研究》借用法国学者阿达利"音乐的政治经济学"和英国学者伊格尔顿"审美意识形态"的相关视角，主要从音乐"理想化"和"世俗化"两个角度入手，探讨了爱略特小说中涉及的音乐中的意识形态。他通过分析小说中的音乐和音乐人物揭示了"维多利亚社会政治美学化努力的矛盾性、复杂性，对其文化进行积极建构的同时已经隐含了解构和颠覆的一面"。

此外，一些学者还探讨过爱略特的创作手法和思想。张金凤的研究成果《乔治·爱略特：理想主义与现实主义的"调和"》主要论述爱略特后期三部小说中的理想主义元素（如职业理想、政治理想和女性理想），以及如何实现与现实主义平衡的问题。除此之外，她还从后殖民主义的视角探讨《丹尼尔·德隆达》中的他者形象与德隆达的文化身份认同，从而让读者"体察到爱略特对所谓'英国性'的挑战"。魏晓红在《乔治·爱略特心理描写艺术》一书中选取爱略特的七部长篇小说,通过梳理文本中的心理描写,结合生态学、动作语言学、叙事学、身份认同的理论分析了人物的心理状态与变化过程,并通过挖掘爱略特小说的心理描写艺术特色,揭示了其心理描写艺术的美学效果,并达到启迪心灵的作用。朱桃香的专著《乔治·爱略特的〈米德尔马契〉叙事研究》从叙事学角度研究爱略特成熟之作中的网状叙事和性别叙事。她认为爱略特具备相当丰富和成熟的叙事概念,同时,她也发现网状叙事连接了过去、现在和未来,并蕴含解构主义因子。

科学和绘画主题备受罗灿和罗杰鹦的关注。罗灿通过研究爱略特的社会发展观、对"自然选择"理论的隐忧和对"性选择"理论的看法,探讨爱略特对进化论的接受和反思。近期,她还著文探讨爱略特作品中的火车意象,揭示爱略特对火车带来的文化无根性以及对改革速度的反思。罗杰鹦的博士论文《英国小说的视觉召唤》以六位英国小说家的作品为基础,探讨绘画艺术对小说创作的影响。作者认为"一些优秀的荷兰风俗画中,其描绘的日常生活场景所含的意味与爱略特想要表达的意味有着异曲同工之妙",并且能更好地表现历史和宗教主题,具有怡情和致用的功能。

此外,徐颖、张娜、安宁、谭敏和杰彬(Tahira Jabeen)的博士论文或专著围绕爱略特与圣经、空间批评、中国古典名著《红楼梦》的关系、爱略特的人本主义思想以及父性(fatherhood)主题展开研究,进一步丰富了爱略特研究。

目前,中国知网(CNKI)收录的有关爱略特的论文共计300余篇,足见爱略特研究在中国学界的魅力和热度。成果具体可划分为三类:传统的主题和形式分析;当代批评理论视角下的解读;比较研究或跨学科研究。传统的主题和形式分析主要包括爱略特的道德意识、宗教关怀、心理分析和现代主义手法;还有不少学者从生态批评、女性主义、叙事学、新历史主义、消费主义、空间叙事、原型批评对爱略特的作品进行解读;第三类是比较研究或跨学科研究,学者主要从音乐、科学、绘画的角度解读爱略特的作品或者将爱略特与哈代(Thomas Hardy)、詹姆斯等进行对比研究。

总体来说,我国爱略特研究起步晚,但是发展迅速,已经取得丰硕成果。其中也暴露出不少问题,如低水平重复现象严重,科研成果水平参差不齐,发展不平衡,跨学科意识和全球化意识不够强。目前,国内学界还没有出现研究爱略特作品中国民性的专著,在系统化研究上还存在相当大的空间。

三、"英国性"释疑

两次世界大战使英国国力日渐式微,同时在全球化和移民风潮的影响下,英国民众陷入身份认同的尴尬境地,而代表民族身份和国民性的"英国性"这一概念也变得"难以捉摸和含糊不清","再也不可能简单明确"。批评界也将视野转向对"英国性"的讨论,批评家分别从历史、政治、文化、经济甚至生理的角度进行深入分析,从而形成了一个新的学术热点,"几乎每周都有关于身份的论著问世"①,而作为经典作家的爱略特也被纳入热烈讨论之中。当今的"英国性"研究为读者理解爱略特的作品提供了新视角,促进了爱略特研究的发展;同时对爱略特作品的研究也能加深读者对"英国性"的理解。那么何为"英国性"?首先有必要对这一概念做出界定。

根据牛津词典的定义,"英国性"指"作为英国人的特质和状态,或者英国人特点的展示"。"英国性"本质上是一种身份研究,与民族认同和国家文化密切相关。"'英国性'是19世纪的词汇,也是19世纪持续关注的热点。"该词最早出现在1804年7月泰勒(William Taylor)写给骚塞(Robert Southey)的信件中,身为作家和翻译家的泰勒宣称一些据说是法国的童话实际上为英国人所作,具有"英国性"。随后,该词又于1838年出现在《新月刊》(*New Monthly Magazine*)和《幽默家》(*Humorist*)两本杂志中,一位无名作者把"体面"(decency)称为"出生在这座小岛上的男女老少的'英国性',是所有美德的代名词"。该作者大力赞扬英国男性的勇敢和女性的贞洁,并将其看成是英国人的国民特性。该词在19世纪最后一次出现是在一位评论员的文章中,他把"英国性"看成是显而易见的特质,并认为西摩爵士(Lord George Seymour)画像的精彩之处在于其"英国性"。在19世纪,英国的国力和疆域达到顶峰,英国民众也充满民族自豪感,并将尽可能多的美德归结为"英国性"。随着时间的推移,学者从不同学科对"英国性"进行阐释,从而赋予"英国性"更多内涵,"英国性"的内涵既可回溯至盎格鲁—撒克逊时期的民族意识,也可延伸到维多利亚时期的帝国思想。

目前学界对"英国性"的理解主要划分为三类:第一类将"英国性"

---

① 代表性的著作有《英国性:政治与文化 1880—1920》(*Englishness: Politics and Culture 1880—1920*, 1986)、《英格兰与英国性》(*England and Englishness*, 1990)、《英国性与民族文化》(*Englishness and National Culture*, 1998)。

理解为国民性，探讨的是英国国民具有的稳定特质和习性，它由基因、地理等多方面因素决定；第二类将"英国性"理解为英国所具有的传统，是在长期的历史发展中积淀形成的；第三类将"英国性"理解为英国作为一个民族或国家在特定历史时期所具有的阶段性特征，是文化和社会发展的产物。本书探讨的国民性，也是英国的民族特性，它包括英国国民和社会具有的区别于他者的所有特征，是特定历史时期的产物。正如盖尔斯（Judy Giles）所言，"'英国性'不仅仅指国民性格，而是一系列英国民众和英国社会所特有的价值观、信念和态度"。米勒（John Mill）曾经指出，"每种形式的政体，每一种条件下的社会，无论它还有其他什么作为，都曾经形成各自类型的民族性格。那么类型是什么，是怎样形成的，这是形而上学家可以忽视而历史哲学家无法忽视的问题"。所以，探讨国民性的重要性不言而喻。

爱略特生活在英国的鼎盛时期——维多利亚时代。维多利亚作为英国历史上在位时间最长的一位女王，带领着她的子民铸造了一个巨大的巨轮。在工业革命、议会改革、对外扩张等一系列的社会风潮下，英国发展成为当时最富有的资本主义国家，并先于其他国家进入帝国主义时期，成为"日不落帝国"。同时这也是一个充满不安和怀疑的时代，工业文明的入侵、男权社会的畸形发展、阶级文化的弊端、帝国的扩张使英国社会呈现出一些病态特征。在此背景下，如何认识和书写"英国性"是每一位英国作家必须面对和思考的问题。

爱略特与维多利亚女王生于同年，是维多利亚时代社会变革的直接体验者。爱略特博闻强识，才华横溢，她担任编辑和作家的经历都使得她能够接触到最新思潮，并感知时代的脉搏。爱略特如饥似渴地吸纳这一切，"她比任何一个维多利亚中期的人都知道得多，思考得多，她是那个时代的储备库和那个时代的声音"。爱略特的第二任丈夫克罗斯也曾指出，她的天才是具体环境的产物。同时女性作家这一特殊身份能让爱略特对"英国性"拥有更加深刻的认知和独到的见解。

"英国性"是爱略特研究中的一个重要命题，也是贯穿其作品始终的思想内核。对爱略特而言，英国本身就是其小说的人物之一，她有着自己的性格，自己的优缺点，有着自己的命运，而"英国性"是深深植根于英国人内心深处的文化模式，体现了英国人对自身的反省、认识和研究。学术界从不同角度对爱略特作品中的"英国性"都进行过研究，但是也暴露出以下不足：第一，批评家大多只是就某一个文本或某一个有限视角展开研究，并未从这些片段中提炼出一个贯穿始终的思想内核，因此，尚存在进一步提升的空间；第二，批评界对"英国性"的探讨过于受制于当代的学术话语，有跟风和过度阐释的嫌疑，而忽略了维多利亚时代的历史背景和社会语境；第三，"英国性"是西方学界的关注热点，但是这一话题在国内并未引起足够重视（目前只有少数中国学者对此关键词进行研究，如陈兵、金冰、郭瑞萍、肖云华，他们的学术成果①还是比较零散的，缺乏系统化研究），而国内更是少有学者从"英国性"的角度探讨爱略特对"英国性"的批判以及对理想"英国性"的向往和构建。针对以上不足，本书希望在以下几个方面有所突破：第一，对"英国性"的概念进行重新梳理和界定；第二，尽可能地将爱略特还原到她的时代并结合作家的个人生平展开研究，而不是凭现代的生活经验进行主观猜测和想象；第三，研究方法上不拘泥某一理论，而是系统研究爱略特如何对"英国性"进行反思和建构，以期得到一个更加合理和完整的解释，所以本书对多种批评方法持开放态度；第四，尽量在通读爱略特的所有文本（包括诗歌、散文和书信）基础上做出缜密的论证和合理的结论。

本书以爱略特的七部长篇小说以及诗剧《西班牙吉普赛人》为主要研究对象，在对爱略特的散文、日记和笔记的认真整理的基础之上，从"英国性"的概念出发，结合维多利亚时代的文化语境，探讨爱略特如何认识和改造英国的国民性。本书致力于两个问题的探讨：英国社会的病根何在？何为理想的"英国性"？本书力求在继承前人的研究成果的基础上，拓宽研究范围、转换研究视角，为"英国性"这一命题的研究注入新的活力。

---

① 代表性的期刊论文有《菲利普拉金：英国性转向与个人焦虑》（肖云华，2008）、《英国庄园与亚马逊丛林——A. S. 拜厄特对"英国性"的双重建构》（金冰，2009）、《巴恩斯小说中的当代"英国性"建构和书写模式》（王一平，2015）、《传承、建构与反思——解读阿克罗伊德作品中的"英国性"》（郭瑞萍，2016）、《吉卜林戏剧独白诗中的英国性》（陈兵，2017）。

第二章　爱略特对国民性的批判

英国维多利亚时代被认为是工业革命和大英帝国的巅峰时期。科技进步（如火车、纺织机、印刷机的发明等）推动了工业革命的发展，海外贸易和殖民扩张将英国的产品销往世界各地，使其赢得了"世界工厂"的美誉，并一跃成为世界第一经济强国。这是一个进步的时代，同时也是一个充满矛盾和斗争的年代。在工业革命、社会改良（妇女运动和议会改革）、帝国扩张等多种复杂浪潮的裹挟之下，"英国性"也呈现出病态特征。

第一节　工业梦魇下的精神荒原

英国小说家鲍沃尔-李顿·爱德华（Edward Bulwer-Lytton）在《英格兰与英国人民》（England and the English, 1833）一书中曾明确表示"工业是我们民族的显著特征"。英国是世界上第一个进行工业革命的国家，工业化也成为"英国性"的重要表征之一。工业化提高了生产力，使英国一跃成为世界工厂。具体来说，1848年英国铁产量已超过世界上其他国家的总和，煤产量占世界总量的2/3，棉布产量占1/2以上。1851年的伦敦世界博览会，既是对英国近八十年来工业革命成果的总检阅，同时也是英国世界工厂地位确立的标志。博览会上令人眼花缭乱的产品向世人展示了维多利亚中期英国工业发达和贸易昌盛的繁荣景象，也显示了这一时期财富对英国民众日常生活的巨大影响。

工业化在带来财富的同时，也改变了这个国家的精神面貌，带来了一系列的精神危机。欧文（Robert Owen）曾经指出：

"工业分布在全国各地造成了这个国家居民的一种新性格。作为这种新性格十分不利于个人或大众的幸福……工业体系的影响已经扩展到大不列颠帝国全境，已经在人民群众的一般性格中产生了一种根本性的改变。这种改变仍在迅速进行中，不久以后，农民那种比较可爱的纯朴性格将完全丧失。甚至现在，没有夹杂着贸易、制造、商业所生产的那些习惯的事物，也几乎已经无处可寻了。"

工业文明改变了英国人的生活方式，"蒸汽机推动了每一个轮子，速度增加了一倍，包括命运的轮子在内"。蒸汽机使英国人的生活变得忙碌起来，他们再也不可能像前工业化时代那样过着闲散的生活。蒸汽机剥夺了人们的闲暇，使人们的趣味不再高雅，也使人们的生活也变得盲目而杂乱。爱略特在作品中还多次提到工业文明的象征——火车。火车改变了人们的生活方式，"改变了时间和空间的概念"。萨克雷（William Thackeray）在19世纪60年代也表示，"生活在铁路修建之前的我们属于另一个世界，已经成为过去时，现在和过去发生了多么大的改变"。《菲利克斯·霍尔特》的前言也写到工业文明对传统英国的冲击，"土地被矿井涂黑，棚户区和村庄中传来嘈杂的织机声，工业城市的气息弥漫在周围的乡村，使空气中充满了躁动"。爱略特还在诗歌《在伦敦的客厅》（"In a London Drawing Room"，1865）中全面刻画了工业幽灵下的恶果，那里的天空被浓烟笼罩，所有人都急匆匆地为生活奔波，整个世界看似一个"巨大的监狱和法庭，人们不会受到严厉的惩罚，也没有任何兴奋、温暖和快乐而言"。

工业文明最大的特点就是机器生产。机器生产提高了征服自然的能力，给英国带来了翻天覆地的变化。卡莱尔曾在《时代征兆》（"Signs of the Times"，1829）中把维多利亚时代称为"机械时代"（Mechanical Age），他认为机械化潮流不仅遍及物质生活，也浸透至精神层面，把人们的思维方式和情感体验都变得机械和僵化，从而导致生命活力和感受能力丧失。他讲到，"现在不仅仅是外在的和身体的方面被机器控制，而且也包括内在的和精神的方面……同一种习惯不单支配我们的行为方式而且左右我们的思想和情感模式。人的手、大脑和心脏都变得机械麻木了"。卡莱尔对工业文明的批判主要体现在工具理性（instrumental rationality）和现金联结（cash-nexus）两个方面。他在《过去与现实》杂志（Past and Present，1843）中感叹整个国家都被金钱所左右，成为金钱的奴隶；工具理性和功利主义思想使人成为机械动物。根据麦考的观点，爱略特曾经多次在书信中称赞、引用或向人推荐卡莱尔的作品，如《旧衣新裁》（Sartor Resartus，1833），"直接引用卡莱尔的作品已经成为爱略特日常词汇的一部分"。爱略特自己也表示，"这一代人中几乎没有一位卓越、杰出的思想家不受到卡莱尔作品的影响"。所以，爱略特对卡莱尔的思想应该是非常熟悉的。爱略特对工业文明的批判也可以从这两方面入手。

机器生产导致理性和感性的分离，异化了人与世界的关系，因此，世界不再与人同一，而成为与人对立的对象性存在，成为研究和计算的对象。韦伯（Max Weber）认为世界是工具理性的天下。工具理性指的是以能够计算和预测后果为条件来实现目的的一种理性思维。它将一切工具化，它使人们考虑事物的核心定为是否具有利用价值，是否能创造价值，是否能带来利益。工具成为指导当时人们思想的核心，即将一切工具化。包括人性和情感。在这种思维模式的指导下，获得效益和物质成功成为衡量幸福与成功的唯一标准。工具理性使人的行为依附于赢利的精明与冷漠，因此使人放弃了同情与善良。一切道德、良心、情感都因为其感情用事、违背了工具理性原则而被排除，继而瓦解了一切个体行为模式。伴随着工业革命的机器声，工具理性在英国被推到顶端，工具化的思维渗透到生产生活的全部范畴。同时，工具理性与当时流行的功利主义（Utilitarianism）达到高度契合。以边沁（Jeremy Bentham）为代表的功利主义者奉行快乐至上的原则，其核心议题是快乐的质量和数量。"它按照看来势必增大或减小利益有关者之幸福的倾向，亦即促进和妨碍此种幸福的倾向，来赞成或非难任何一项行动。"功利主义者认为人生的本质在于追求最大质量的享乐，并将个人的利益放在首位。他们的世界是各自追求自己利益和乐趣的人集合而成的世界。维多利亚时代的英国似乎也成为功利主义的学校，"人们是如此的僵硬，以至于你驾一辆宽轮马车从他身上压过去，也看不到任何压痕……

《弗洛斯河上的磨坊》中的汤姆（Tom Tulliver）则是工具理性的代表。汤姆虽然接受的是古典教育，但是他认同的却是工业文明的价值观。在父亲破产之后，他一心想要获得金钱和地位，满脑子都在计算这一类东西。他成功的核心就是物化自我，"他有强烈的追求快乐的欲望——他希望成为驯马家，在邻居眼中成为一个显赫的人物，适当地慷慨请客和做好事，被称为当地时髦青年中杰出的一个"。虽然他在事业上迅速取得成功，却忽视了兄妹之间的情感。而汤姆的妹妹麦琪（Maggie）不仅渴望学识，还拥有丰富的精神世界和情感，她"热烈而迫切地渴望着一切美丽而愉快的事物，……来把这种神秘生活的奇妙印象贯穿在一起"。她暗自认为哥哥心地狭窄，做事也不公正，认为他不能领会精神上的需要，一切错误和荒唐的行为往往都是因为这种需要得不到满足才产生的。这种寻求自由和解放的天性一直被压抑，直到汤姆干涉她与腓力浦的交往并用恶言侮辱腓力浦时才得到片刻宣泄：

"有时候我干错事，那是因为我有感情，如果你也有这种感情的话，那你会好些。……你对我总是那么苛刻，那么狠心；……你没有怜悯心；你对自己的缺陷和罪恶一点都没有感觉。苛刻是一种罪恶；……你只不过是一个伪君子……你连感情的影子都没有，可是在这种感情旁边，你那些辉煌的优点只不过是黑暗罢了。"

小说《罗慕拉》中的男主人公蒂托（Tito）虽然是文艺复兴时期的人物，但是"去相信蒂托和罗慕拉是15世纪的人物是很困难的，他们的意识太现代了"，"该小说甚至预示了现代的荒原"。蒂托也可以理解为深受工具理性毒害的人。他是一位来自希腊的年轻学者，由于沉船事故被冲到佛罗伦萨。虽然他无依无靠，但是凭借着英俊的外表、博学的知识、机智的头脑很快跻身上流社会。他的青云直上却是以背叛和两面派为代价的。在他眼里，一切都是为了自己打算，物质享受和名利的追求成为他的人生目标。正如他所言，"生活的目的难道不就是取得最大限度的快乐吗？"

"蒂托将背叛当成一种职业。"他首先背叛了两位父辈，为了获得往上爬的资本，他变卖了从养父巴尔达萨雷（Baldassare）那里得来的珠宝，而不是用来给养父赎身。当养父揭发他的背叛行为时，他却撒谎说巴尔达萨雷是疯子，并将其投入监狱。同时他还背叛了岳父巴尔多（Bardo），巴尔多本想让蒂托完成自己未竟的事业，成为一名古典主义学者，但是蒂托却把这位可怜的老人当成垫脚石，一旦飞黄腾达就立马踢开。

其次，他还背叛了两位妻子。罗慕拉是他唯一爱过的女人，但是罗慕拉高尚的品行与蒂托的功利主义思想背道而驰，从而导致夫妻关系破裂。单纯的苔莎（Tessa）却成为他暂时避风的港湾，他用半开玩笑的方式和她结为夫妻，实际上只是玩弄她感情而已。在瘟疫流行期间，他把大多数时间消磨在乡下。瘟疫成为他和苔莎共度良宵、隐瞒事实真相的幌子。"流行病通常被用来作为描绘社会混乱的一种修辞方法"，瘟疫在该小说中多次出现也暗示工具理性所带来的社会混乱。

同时，蒂托还是政治上的两面派。由于他没有传统的关系，因而是一位很方便的代理人，也是一件得心应手的工具。他假冒梅迪奇家族的追随者，同时又出卖了萨伏纳罗拉（Savonarola），还充当各国的间谍，他没有立场，只有利益和享乐。"不管是什么党派占上风，他都能保证得到重用和钱财……他用敏锐的头脑发现各个党派都同样空虚，因此采取了唯一的合乎情理的手段，就是让他们都为他自己的利益服务。"

亚里士多德在《尼各马可伦理学》一书中将人的生活分为享乐的生活、公民的生活和沉思的生活这三种类型，而功利主义者蒂托的生活属于第一种类型。波拿巴（Felicia Bonaparte）在论著中曾经辨析过集体的酒神法则和社会的基督教律法，并认为蒂托是酒神式的人物，只注重自由和个人的享乐。大卫·卡罗尔也表示，"蒂托的动机是他异教徒式的享乐主义"，他拒绝成为具有道德身份的人。而蒂托和养父同归于尽的结局表达出爱略特对工具理性的有力批判。在爱略特看来，汤姆、蒂托这种被工具理性毒害的人，似乎没有真正的生活，更感觉不到世间的真理和关爱。

爱略特认为，在这个机械时代，理性若过度开发，必然会导致精神失衡和病态人格的产生。爱略特本人不仅关注理性，还十分注重情感的作用。在第一次接触华兹华斯的作品之后，阅读华兹华斯贯穿了爱略特的一生。斯通（Donald D. Stone）指出，"爱略特的浪漫主义情怀比大多数维多利亚小说中表现出来的都要强烈"。"情感"（feeling）是浪漫主义中的核心观念，浪漫主义者认为情感不只是理性的注脚，它甚至高于理性。在他们看来，情感不是脱缰的激情，更不是廉价的感伤，而是对生活敏锐的感受力和对平凡人们的同情心。爱略特也高度重视情感的作用，她在《米德尔马契》中写道，"要成为一位诗人，必须有一颗敏感的心灵，它可以随时洞察事物的幽微变化，而且迅速地感知一切，因为洞察力只是善于在情感的弦上弹出各种声调的一只训练有素的手"。在爱略特看来，工具理性是导致病态人格产生的重要因素，唯有重视情感的作用才能走出精神困境。她书写小说也是对抗工具理性的方式之一，她希望通过唤醒读者的同情心来进行情感教育。爱略特的这一主张与穆勒的经历有着些许相似之处。穆勒也是在精神危机中阅读了华兹华斯的诗歌才得到自我救赎。对他来说，这些诗歌是他探寻感情的培养剂，在这些诗中他找到了内在喜悦、同情和想象的乐趣的源泉，也理解了什么是幸福源源不断的源泉。他还提出要像呼吸空气一样呼吸幸福，这一生动的比喻代表着浪漫主义的范式，同时也是对工具理性的有力回应。

工业文明不仅推崇工具理性，使这个世界充满算计和冷漠，还物化了人际关系，金钱成为人与人之间唯一的联结纽带，从而使英国沦为精神荒原。正如卡莱尔所称维多利亚时代的人际关系已经沦为现金联结。阿诺德也曾经感叹，"生活中只剩下两大关怀——一是赚钱，二是拯救灵魂"，这一点可以从《米德尔马契》中地主费瑟斯通（Featherstone）的遗产之争中体现出来。小说中的故事发生在19世纪30年代第一次议会改革前后，是英国步入工业革命时期的关键节点，其重要特征之一就是城市的发展以及人口的流动，传统的农耕时代将被机器文明所取代，小说中铁路的铺设和银行的出现也意味着工业资本的引入。弗莱德出身于中产阶级，整天游手好闲，有点纨绔子弟的做派，他之所以"游戏人生"是因为他自以为有靠山，即他姨夫费瑟斯通的遗产。费瑟斯通是当地有名的乡绅，并因为当年发现锰矿而大赚一笔。费瑟斯通的第二任太太是文西太太的姐姐，已经去世，两位太太都没有给他留下子嗣，而他又常年卧病在床，所以遗产成为众多亲友觊觎的目标。文西太太也经常让后辈弗莱德和罗莎蒙德去探望费瑟斯通并借机来讨好他，希望能在老人去世后多分一些遗产，此举势必招致费瑟斯通其他亲人的不满，甚至误以为遗产肯定会落入弗莱德的手中。

弗莱德曾经在借债时吹嘘自己可能继承财产。正是这一点让费瑟斯通的兄妹抓住了把柄，他们添油加醋地向费瑟斯通汇报，说弗莱德用他的田产作抵押来借债，来诋毁弗莱德的形象。在证明消息的虚假后，费瑟斯通象征性地给了他100镑的零花钱，却没有办法弥补他160镑债务的亏空。无奈之下，他做起投机买卖，打算用自己的马和余款换一匹好马再转手来盈利还债，结果马匹受伤让他血本无归。弗莱德还因为出入不卫生的马市感染了烈性传染病——伤寒。"弗莱德由于他不太干净的生意得到应有的惩罚"，但是这次打击并没有治愈弗莱德对财产的"热病"（fevered）。

费瑟斯通临终之前青睐文西一家，弗莱德对遗产的分配似乎志在必得。他的亲戚也络绎不绝，把斯通大院（Stone Court）当成"朝拜的圣地"，他们彼此监督，生怕有人伪造遗嘱，甚至把费瑟斯通的家务管理人玛丽也当成可疑分子。这些亲戚展示出各种丑态：逍遥自在、虎视眈眈、鬼鬼祟祟。他们没有表现出对亲人的临终关怀，而是一心想要夺得遗产。那种血浓于水的亲情早已消失殆尽，"传统的家族和血缘关系以及邻里关系正逐渐被金钱关系和商业市场的利害关系所取代"。齐美尔（Georg Simmel）在《货币哲学》（Philosophy of Money，1900）一书中表示，当社会关系建立在以货币为基础的契约关系之上时，而不是像过去那样以服务和自然物为报酬形式时，人际关系中的情感和道德因素也会慢慢消失，"人与人之间的大多数关系都可以被视为是交换"。他还认为正是对金钱的崇拜才产生了现代生活中常见的躁动不安和狂热不休。费瑟斯通将田产斯通大院留给私生子"青蛙脸"里格（Joshua Rigg），其他遗产都用来资助救济院的修建，从而打破了那些亲戚对遗产的幻想，并无情地揭开他们伪善的真面目。他希望里格能继承父业，在米德尔马契做衣食无忧的乡绅。但是他的个人想法阻挡不住工业资本的诱惑，斯通大院并不是里格心目中的天堂，他只想用它换取黄金，满足当钱币兑换商的愿望，他梦想"拿着钥匙，坐在一只只上锁的钱柜中间……兑换各国铸造的钱币，贪心的客商只得听凭他的发落"。子承父业愿望的破灭进一步证明工业资本对亲情和传统的消解和侵蚀作用。

爱略特认为人格应该独立于金钱，她在日记中写道，"我很高兴能够独立于物质生活，不需要将我的写作置于任何标准之下，尽我所能写出最需要的东西是我唯一的标准"；她还表示，"在这样一个越来越追求财富和炫耀的时代，我很欣慰自己的生活建立在简朴和高度思辨的基础上"。小说中的多萝西娅代表着爱略特的金钱观，她认为财产是为了利他，而不是自我束缚。"多萝西娅是19世纪小说中围绕对遗嘱的态度而塑造人格的一个典范，也是个人道德情操超越于遗嘱之上、摆脱'死人之手'的一个精彩例子。"在得知利德盖特的新医院遇到资金问题以及他生活上遇到经济难题时,她慷慨解囊。对威尔产生好感后却得知丈夫的遗嘱中写明改嫁就会失去遗产,但她选择了爱情,而不是金钱。"我对贫穷根本不在乎,我恨我的财产。""多萝西娅具有罗斯金式的慈善和利他的金钱观体现在小说的结尾处。"多萝西娅的儿子将继承叔父乡绅布鲁克的产业,回归田园的生活方式也恰恰说明爱略特对工业文明的批判,而失去遗产的弗莱德虽然不禁大失所望,但是在玛丽的安慰和鼓励下,也从对财产的侥幸心理中清醒过来,开始脚踏实地地从学徒做起,治愈了所谓的"财病"① (illth)。

综上所述,工业化进程虽然促进了英国国力的增强,但是也导致了一系列危机。爱略特支持工业文明带来的进步,但是对英国工业文明的弊端有着更加清晰的认知。她认为工业化不仅导致工具理性的盛行,物化了自我,还消解了传统的人际关系,使金钱成为人与人之间唯一的联结纽带,从而使传统的有机共同体 (organic community) 消失不再,英国在工业幽灵的碾压下也沦为精神荒原。正如迪斯雷利 (Benjamin Disraeli) 在小说《西比尔》(Sybil, 1845) 中借叙述者所言,"英国并非共同体;英国只有聚合,然而环境使这种聚合变成一个离析的、而不是统一的原则……构成社会的具有共同目标的共同体 (community of purpose) ……没有共同目标的共同体,人与人可能互相接近,而实际上仍然是各自的孤立"(71-72)。

第二节 男权文化中的性别关系

19世纪的"英国性"是具有性别色彩的,1832年的改革法案 (The Reform Act) 将合法的政治公民界定为男性。在这种男权文化中,女性则处于边缘化的地位。爱略特熟悉当时风起云涌的妇女运动,她支持女性的独立和解放,并对女性受压迫的现状给予同情。她在日记中写道,"自我牺牲固然好,但总要有点价值,不该是为了尊重那种把男人的灵与肉拴在一具腐尸上的信条"。

"维多利亚小说的典型特征之一在于对性别差异的高度敏感。"在19世纪的英国,两性关系的不平等仍然是一个显而易见的现实,女性被视为男性凝视的对象。当时的英国社会"是依靠男性的权威和女性的最高道德义务及对丈夫的忠诚所构建的",这种以男性为中心的意识形态将女性排

---

① 该词是罗斯金杜撰出来的,由"ill"(恶、病、灾)和"th"组成,这是一种模仿"wealth"(财富)一词的组合方式。见《文化与社会》中译本,1991年版,192页。

除在主流的"英国性"之外。罗伯茨（F. David. Roberts）指出，"到1837年维多利亚女王之时，没有哪种社会视角比父权主义思想在英国流传更广、根基更深"，他还认为等级性是两性关系的重要特征之一。同时，19世纪的医学和人类学更是男尊女卑意识形态的扶持者，等级观念被广泛接受，即上帝把权威赋予男人，男人统治女人，女人只是男人的附庸，女性"待在世界的边缘，不能在这个世界上客观地自我确定，她的神秘只不过是虚无"。18世纪的英国女性主义理论家沃斯通克拉夫特（Mary Wollstonecraft）在《女权辩护》（*A Vindication of the Rights of Woman*，1792）一书中也指出，"女性停留在无知的奴性依赖的状态已经很多年了，而我们听到的仍然不过是她们喜欢享乐和权势，她们偏爱浪子和军人，她们像孩子那样爱好玩具，她们的虚荣心使她们把才艺看得比德行更重要"。在当时的社会条件下，"人们不希望女性去工作，不希望她们接受的教育超过一定水平，女性也没有参与公共生活的理由"。

爱略特本人的坎坷经历与她女性作家的身份也有着密切关联。爱略特才华横溢，博闻强识，是当时罕见的才女。但是她一生情路坎坷，并一直与传统的世俗偏见和不公做斗争。她经历过多次感情的失败，最终在有妇之夫刘易斯那里找到情感归宿。虽然刘易斯的妻子出轨在先，两人的婚姻名存实亡，但是囿于当时的法律刘易斯并未与妻子离婚。而爱略特在情感的召唤下，公然与刘易斯同居，并自称"刘易斯夫人"。这一离经叛道的行为使爱略特被体面社会放逐多年，她的一些好友也为此表示过不满和愤怒，就连她最亲爱的哥哥也一怒之下和她断绝兄妹关系，直至爱略特六十岁之时最终嫁给克罗斯，两人之间的紧张关系才得以缓和。爱略特不仅曾承担着堕落女人（Fallen Woman）的骂名，还因为女性作家的身份而备受质疑。由于受制于女性作家的身份，爱略特在写作之初只好采用男性作家的笔名以期获得公正的评价。她的小说最初也获得很高的评价，并得到评论界的一致认可。但是当她女性作家的身份公之于众时，评论界一片哗然，纷纷攻击这个行为"不检点"的女作家。可见，当时的女性如果取得一定的成就，需要忍受巨大的世俗偏见和误解。虽然英国读者最终被爱略特的才华所折服并给予她高度评价，她的作品也备受读者喜爱，但是爱略特所经历的一切让她更加渴望人们能了解女性在男权文化中所受到的不公。

爱略特认为性属关系的不平等主要表现在教育、工作和婚姻关系上。乔丹（Ellen Jordan）指出，维多利亚时代男女教育存在着巨大差异，"男子公立学校继续的是文艺复兴时期的古典主义教育，而女子学校提供的课程和20世纪的高中课程有着更多的相似之处，并且更强调艺术"。也就是说，当时英国的妇女教育旨在培养顺从乖巧的女性气质，而不是实际的操作技能。女性接受教育无非是增加自身的文化资本，使其在婚姻市场上更具竞争力。罗莎蒙德就是当时莱蒙太太（Mrs. Lemon）女子学校的高材生。跟《名利场》（*Vanity Fair*, 1847）里的平克顿小姐的学校一样，这所女子学校只是为了培养男人中意的"完美女子"，学习上下马车的姿势，高雅的谈吐，音乐女工，谈情说爱。在英文中"lemon"一词指的是酸涩的柠檬，爱略特将这所女子学校命名为莱蒙太太（Mrs. Lemon）暗含着对当时女子教育的辛辣嘲讽。从小失去双亲的多萝茜娅和妹妹被送到瑞士洛桑接受教育，但是她们所接受的教育不外乎是当时流行的女子教育模式。她的伯父布鲁克也反对多萝西娅学习拉丁文，他认为"女人的头脑总显得浮泛一些——灵敏，但是肤浅，只适合学学音乐，美术，以及诸如此类的东西"。《弗洛斯河上的磨坊》中的汤姆和麦琪也各自接受了不同的教育。为了使汤姆将来能有一技之长，成为绅士阶层的一员，杜黎弗先生不惜花费重金雇佣牧师担任他的私人教师，使汤姆接受三年的古典主义教育，而天资聪慧、渴求知识的麦琪却只能局限在家庭环境中，读些大人物的传记或者冒险故事，偶尔接受一下女子学校教育。在爱略特生活过的时代，妇女运动风起云涌，她虽然对争取妇女的选举权不感兴趣，却热衷于妇女的教育问题。爱略特自己受过良好的教育，并在学习上表现出极大的天赋，她认为两性的不平等在于女性缺乏教育，女性只有接受过良好的教育，才能获得智性平等并取得社会地位的提升，所以她高度重视妇女的教育问题。她在信中表示，"大学教育的目标在于为人生的职责做准备，大脑的贫瘠是不健康的。教育能促进健康、幸福和责任感"。她还鼓励女性在艺术、医学和数学等方面进行学习和探索。她和两位妇女运动的杰出人物于1869年一同创立了今天的剑桥大学戈登女子学院（Girton College），使其成为英国最早的专门招收女性的高等教育机构。在爱侣刘易斯去世之后，她还专门设立刘易斯奖学金，并同时向两性开放。

女性地位低于男性的另一个重要表现在于职业。在《弗洛斯河上的磨坊》中，塔利弗先生破产后，汤姆返回家中，在姨夫的公司中谋得一职，开始在外打拼，并通过自己的努力还清债务。而聪明好学的麦琪空有一腔热情，却无法和哥哥一样通过工作来缓解家庭危机。爱略特在小说中写道：

"麦琪生命里的斗争几乎全在灵魂里进行，一支虚幻的部队跟另一只虚幻的部队鏖战，敌人被砍倒又翻身站起。与此同时汤姆却跟更具体的对手进行着更为喧哗嘈杂、尘土飞扬的搏斗，而且取得了更为明确的胜利。从赫苦巴和驯马勇士赫克托的时代起这类战斗便是这样的：女人们在大门里远观世上格斗,长发飘扬,高举双手祈祷,用回忆和恐怖充实她们漫长而空虚的时日;男人们则在外面跟人世的和神圣的事物作激烈的斗争。"

兄妹两人一个在外奋斗,另外一个则只能在家里进行情感斗争。男性上演了历史进步的一幕,女性则只能观望这些真实的搏斗。

在小说《丹尼尔·德隆达》中,德隆达的母亲犹太公主哈尔姆-埃博施泰因(Princess Leonora Halm-Eberstein)是一位渴望自由和热爱艺术的女性,为了实现职业理想她远走他乡,将儿子交由英国贵族抚养。最后,在年老色衰、身染重疾之际,她才与德隆达相认,揭晓他的身世,将家族的遗产托付于他。为了实现梦想,这位女性也付出了高昂的代价,她曾经用中国女性缠足的陋习控诉性别关系的不平等:

"难道除了女儿和母亲,我就没有权利担任其他角色?……我有权做艺术家。不。……你不是女人。你可以努力——但你永远也想象不出当你拥有男人的天赋,但又不得不忍受女性的奴役该有多么痛苦。……女人的心只能这么大,不能再大,否则就应该像中国妇女的脚一样被裹得小小的。"

小说中的女主人公格温德琳(Gwendolen)在家道中落时也希望通过从事音乐工作摆脱经济困境,但是这一想法被音乐家克莱斯默(Klesmer)否定后她只能通过婚姻摆脱这一危机。她这样表达过身为女性的悲哀,"我们女性无法去冒险——去找到西北通道(North-West Passage)或者尼罗河的水源,或者去东方猎虎。我们必须呆在我们成长之地,或者园丁将我们培植的地方"。在她看来,女性如同花朵一般,美丽动人却无聊透顶,根本没有自由。

性别关系的不平等和女性受压迫的现实在婚姻关系上表现得更为突出。爱略特在《珍妮特的悔过》("Janet's Repentance",1857)这部中篇小说中就刻画了一位饱受丈夫折磨不得不酗酒的女性。故事发生在宗教纷争日益突出的米尔比镇(Milby Town),邓普斯特(Dempster)是当地一名律师,他反对福音派牧师特莱恩(Rev. Tryan)来本地布道。邓普斯特是一个没有爱心、颐指气使又残忍的人,而他酗酒的习惯更是给家人,特别是他的妻子珍妮特带来巨大的苦恼和伤害。她爱着自己的丈夫,但是邓普斯特却经常酒后打骂她。由于丈夫在肉体方面的野蛮对待,她被迫借酒消愁:

"对她来说,早晨的光线并不能带来喜悦:它所照亮的,似乎和昏暗的烛光所照亮的并无不同——都是那个残忍的男人,一动不动地坐在起居室的椅子里,靠着奄奄一息的炉火,在昏暗的光线下醉醺醺的,他用恶毒的话骂她,絮絮叨叨、老生常谈。"

最开始，珍妮特非常讨厌饮酒，但是在巨大压力下，她还是尝试着在酒杯中倒了一点儿酒。"酒精模糊了我的意识，让我变得无所畏惧。从此以后，这种诱惑一直存在，甚至愈演愈烈。"不幸的珍妮特也陷入酗酒的恶性循环中，从而更加激化了夫妻间的矛盾。直到有一天深夜，珍妮特在反抗醉酒的丈夫时被他无情地逐出家门。她回想道，"她的麻烦怎样使她一年一年的沉沦，像充斥着热病病毒的蒸汽（fever-laden vapours）一般挤压着她，并将她美好的本性曲解成更深层次疾病的根源"。爱略特还用不少与死亡相关的词语来形容珍妮特的绝望，如"死一般的寂静""冰冷的石头""空洞的未来"。最后珍妮特在牧师特莱恩的帮助下重获新生，治愈了酗酒的顽疾，而丈夫则在一次醉酒中发生意外离开人世，结束了对珍妮特的折磨。

爱略特在塑造饱受丈夫折磨的女性同时，还刻画了一些在婚姻关系中具有反叛精神的女性，《米德尔马契》中的多萝西娅就是其中之一。小说中的卡苏朋在婚姻关系上抱着夫唱妇随的传统观念。婚前，他希望找到的妻子温柔顺从、崇拜他、还能给他充当秘书。他迎娶多萝西娅也只是想"要用女性的温情照亮他郁郁寡欢的心灵……为自己安排一个温柔乡"。他在安排婚前财产时的想法是，"一个女子婚后享有的支配权，是以她婚后的顺从为代价的"，他也不希望多婚后的萝西娅有任何发言权。他把多萝西娅的存在看成"一个端庄得体的附庸，一个崇拜他运行轨道的月亮，一个秘书兼书记员，一个代表公众对他进行崇拜的人，甚至是一个使徒，在他死后依然会继续代他执行使命"。

婚前的多萝西娅将卡苏朋看成知识的化身，她选择卡苏朋也是希望他能帮助自己过上高尚的生活。但婚后的她才发现这颗心"冷若冰霜"，这必然会导致两人之间的摩擦。根据西特罗妮的观点，婚后多萝西娅和丈夫的摩擦体现在六件事上，最具代表性的事件分别是两人的书稿之争、关于威尔的书信之争、遗产之争。两人之间的摩擦也体现出多萝西娅对等级制的反抗以及爱略特对男权社会的质疑。在小说中爱略特将多萝西娅比作希腊神话中的阿里阿德涅（Ariadne）和安提戈涅（Antigone），两人都是具有反叛精神的女性人物，爱略特不仅赋予她笔下的多萝西娅类似神话中女性对于男权的反抗精神，与此同时，她也以这种方式对压制和迫害女性的男权文化进行谴责。婚后，多萝西娅希望帮助卡苏朋完成巨著，却一直被丈夫拒之门外，两人的第一次争论发生在罗马。多萝西娅第一次表达对丈夫学术事业的质疑，"你那一摞摞笔记本，你老说要整理，为什么现在还不动手？难道还不能决定，哪些材料是有用的？你怎么还不开始写那本书，让你渊博知识得到公认，发挥作用？我可以替你做记录"。多萝西娅无情地揭开卡苏朋的伤疤，更重要的是她对卡苏朋的权威表示怀疑，而不是心悦诚服的顺从。蜜月之后，两人回到洛伊克庄园，多萝西娅再次感受到婚姻带给她的精神禁锢，她阴暗的心情和单调的冬日景色、庄园压抑的气氛融在一起。两人的第二次争执则起因于卡苏朋表侄威尔的书信。在罗马与威尔的偶遇使多萝西娅和威尔相谈甚欢，回国后威尔写信表示再来做客，还单独写信给多萝西娅交流艺术方面的看法，但是心胸狭窄的卡苏朋并不希望这次拜访，同时他认为多萝西娅会做相反的决定。这种不公正的态度使多萝西娅无法抑制怒火，"你为什么要把莫须有的罪名加在我的身上，好像我希望做你所不乐意做的事？你对我说话的语气，似乎你是在应付一个反对你的人"。在此，夫妻之间的忠诚度受到怀疑，这是正直的多萝西娅所不能接受的，她的反抗不只是针对卡苏朋个人，还针对英国社会的男权文化。卡苏朋在这种"重创下"昏倒在地，医生利德盖特认为病的根源是脑力劳动过度，但实际上这次心脏病突发更应该理解为其身份危机的表征，体现出卡苏朋霸权地位的动摇。多萝西娅对卡苏朋的第三次反抗发生在卧室，多萝西娅这次就遗产问题表达自己的观点，她认为威尔的祖母因为叛逆的婚姻而被剥夺遗产有失公道，应该让威尔获得他应有的财产，而卡苏朋立刻反唇相讥，"你任意议论你不应该过问的事，这已经不是第一次了，但我希望这将是最后的一次……有些问题纯粹是我个人的私事，在我做了决定之后，我不想做任何修改，更不愿接受别人的指导"。可见，卡苏朋时刻都在维护自己的权威，希望多萝西娅处处顺从自己的意见，不给她任何发言权和获得平等地位的机会。

"疾病是通过身体言说的意志，是精神活动戏剧化的语言，是表达自我的方式。"卡苏朋最终因心脏病离世的结局就在于英国社会的男权文化使他失去了爱的能力和对美的感受力，而他的死亡也是爱略特对男权社会的有力回应。卡苏朋因心脏病死亡的结局具有象征意义，"因为心脏通常与心灵和感受能力相关联。作者以此暗示，感受能力的丧失不仅导致智性的呆滞，也将导致生命本身的丧失"。

综上所述，爱略特对女性边缘化的地位有着深刻的认知，在她看来，在以男性为主导的社会中，女性在教育、职业、婚姻方面都处于不利地位。爱略特在充分揭示这一弊端的同时，还通过塑造具有反叛精神的女性对此表示质疑。爱略特认为，"在女性处于边缘化地位，没能受到良好的教育，只能局限于家庭空间和女红的国家，整个文化都会感到阵痛，只有在女性能像其他公民一样拥有平等机会自由发展的国度，整个文化才能获益良多"。

第三节 阶级文化弊端导致的无政府状态

对大多数维多利亚人来说，阶级是个实实在在的概念，是社会身份和文化形式的基础，是一种深层结构。休伊特（Martin Hewitt）指出，"阶级赋予 19 世纪的英国身份：多样化的阶级身份出现，以阶级视角看待当时社会占据优势地位，对阶级关系的持久焦虑以及将阶级作为社会政治行为的动机"。用阶级的观点描述英国社会始于 18 世纪末。1819 年，在爱略特出生的年代，阶级的观点还是一种相对比较新颖的认识社会分层的方式，而工人阶级（working class）一词始于 1813 年，由欧文首次使用。阿诺德将英国社会划分为三个阶层：贵族、中产阶级、劳工阶层。三个阶层具有不同的特点和弊端，分别被称为"野蛮人、非利士人、群氓"（barbarians, philistines and populace）。他认为贵族阶级昏庸无能、不思进取，死守着社会等级来维护自身的优越地位；中产阶级是市侩之辈，他们沉湎于金钱的贪欲和物质的享乐之中，既漠视高尚的文化，又缺乏道德的庄严；而工人阶级是群氓，粗俗堕落。爱略特曾经阅读过阿诺德的《文化与无政府状态》（*Culture and Anarchy*, 1869），对阿诺德的这一观点并不陌生。爱略特虽然很少直接在作品中描写阶级矛盾和阶级压迫，但是她同样意识到这三个阶层的弊端导致的无政府状态，并希望通过寻找异己分子（aliens）打破阶级壁垒，改造阶级文化。

首先，爱略特抨击了贵族阶层的文化品位。爱略特虽然是中产阶级的一员，但是随着她的声名鹊起，她与贵族的接触明显增多，伦敦最优秀的贵族经常来拜访这位才华横溢的作家，她甚至还接受过维多利亚女王的公主们的邀约参加晚宴（*Selections* 285），所以她对贵族的文化品位也是略知一二的。

布迪厄（Pierre Bourdieu）指出，"一切文化实践和对文学、绘画或音乐的偏爱，都与受教育的程度及社会出身密切相关"。"高贵"似乎是贵族阶级的文化标签，也是贵族阶级引以为傲的文化资本，但是爱略特却看到掩藏其背后的野蛮和堕落。正如阿尔提克（Richard D. Altick）所言，"这些社会寄生虫这样打发时间：他们在保护完好的猎场射猎雏鸡，值时尚的伦敦社交之季，在小镇的庄园闲逛，那里充斥着只有不计其数的金钱才能买来的招摇、败坏的品位"。

爱略特在《丹尼尔·德隆达》中通过犹太音乐家克莱斯默的着装和对音乐的品位对贵族阶层予以嘲讽。19 世纪美国作家库珀（James Fenimore

Cooper)认为,"得体"(decorum)是"英国性"的重要特征之一,"英国是一个讲究举止得体的国度。我会选择'得体'一词来形容这个国家,因为它最接近英国的民族特性"。英国绅士的着装可能最能体现"得体"这一民族特性,而犹太音乐家克莱斯默的出场与不苟言笑的英国绅士形成鲜明的对比:

"地道英国绅士的强项在于体形和衣着具有潇洒自如之风,他反对服饰上的花里胡哨,他也反对面露神灵附体之色。试想在一个集会上,男人们清一色有教养的英国人的常规模样,这时克莱斯默在众目睽睽之下登场了:高顶礼帽下,一波又长又密的头发向后披散开,极不协调,那帽子就像是为搞笑而戴上去的;再下面则是棱廓分明而端正的眉目,胡子刮得光光而有力的嘴和下巴;他身材瘦长,衣着本以不合英国样式,加之其用意明白突出,于是更见糟糕。"

在这里"爱略特拿他身上的幽默成分来评定英国上流社会的庸俗无知及其对衣着举止得体的热衷讲究所表现出来的自鸣得意的愚蠢"。

可以和舒伯特(Schubert)和门德尔松(Mendelssohn)相提并论的艺术家克莱斯默对英国贵族文化的批判不仅体现在着装上,还体现在音乐欣赏方面。"19世纪的英国一直被指责为是最没有音乐感的国度",英国音乐的"英国性"永远是一种正在被抹去的能指。格温德琳是没落贵族的一员,她一直是全家的掌上明珠,是母亲、妹妹、家庭女教师和女仆们的服侍对象,因而她把自己的快乐视为天经地义。在一次社交聚会中,她更是人们关注的焦点,大家纷纷要求她一展歌喉来助兴。格温德琳并没有拒绝,因为音乐和法语一直是她比较自信的才能,她没有紧张,选择演唱最拿手的意大利作曲家贝里尼(Bellini)歌剧中的咏叹调。虽然她的演唱得到在场的大多数贵族的赞美,但是克莱斯默还是一针见血地指出她的选曲不当,说她的"曲调趣味低下",表现的文化既幼稚,又虚张声势,"没有深切而神秘的激情的爆发——没有冲突——没有对大千世界的感受"。克莱斯默认为曲子会让人变得渺小,这些正体现出他对长着平庸耳朵的英国人的嘲讽以及对英国文化的批判。格温德琳的选曲也代表着当时英国上流社会的普遍品位,因为"品位既是个人的又是普遍的,它既是个人选择的结果也是群体关切的产物"。在座的宾客更喜欢格温德琳的音乐而不是克莱斯默的表演,他们一致认为克莱斯默的表演过于冗长,从而展示出英国上流社会对音乐的无知。虽然英国贵族对音乐一无所知,但是对赌博这种游戏却情有独钟。爱略特就借用德国温泉疗养地的赌场来进一步批判上流社会的病态文化。在这个温泉赌场,不同种类的欧洲人齐聚一堂,英国贵族也是其中的重要组成部分。这里充斥着"毒气弥漫"的氛围(gas-poisoned atmosphere),"他们无一例外地呈现出消极的表情,好像服用了某种草药使他们的大脑服从单调的动作",从而体现出一种"文化衰败"。

《米德尔马契》中也有寥寥几笔写到贵族败坏的品位。利德盖特医生出身没落贵族,他的堂兄弟利德盖特上尉是男爵的儿子,在拜访利德盖特时尽显贵族的堕落。他是一位"无聊透顶的纨绔子弟"(549),发型总是弄得"怪模怪样",不管谈论什么,他总喜欢"假充内行,胡诌一通",像一头"自命不凡的蠢驴"。他谈吐粗俗,不拘小节,"根本不把中产阶级的文明礼貌放在眼里",但就是这样一位毫无文化品位的人却得到米德尔马契名媛的好评,其中就包括中产阶级出身并具有等级观念的罗莎蒙德。罗莎蒙德误认为利德盖特上尉是地地道道的绅士。在米德尔马契期间,利德盖特上尉和漂亮的罗莎蒙德打情骂俏,有说有笑,他还和怀有身孕的罗莎蒙德外出骑马并导致其流产。而利德盖特的伯父高德文爵士在得知利德盖特被债务所纠缠时,也拒绝伸出援手,还指责利德盖特弄虚作假,生活奢侈。

爱略特在《菲利克斯·霍尔特》中也揭示出贵族的衰败。土地贵族阶层的代表特兰姆太太(Mrs. Transome)与丈夫的婚姻形同虚设。特兰姆先生软弱无能,整天只知道摆弄昆虫标本。他们的长子继承了父亲的一切缺点,是个未完全开化的野蛮人,他喜欢结交一些坏朋友,整天花天酒地,仿佛小型的卡列班。早年间在与另一家族争夺田产继承权之时,为了弥补婚姻的不幸也为了在官司上取得胜利,特兰姆太太与律师杰明(Jermyn)有了私情,并生下私生子哈罗德(Harold)。本指望哈罗德长大后能有所作为的特兰姆太太却失望之极,因为从东方发财回来的哈罗德只是一位唯利是图、追名逐利的伪激进派。他对母亲冷漠无情,还试图从杰明手中夺回田产的管理权,导致母子关系和父子关系几近破裂。

在抨击贵族腐化生活的同时,爱略特还指向了中产阶级的庸俗、伪善、"狂热的物质主义和对地位的饥渴"。在维多利亚时期,英国的中产阶级不断发展壮大,约占总人口的15~20%。英国历史学家霍布斯鲍姆(Eric Hobsbawm)在《1789—1848:革命的年代》一书中,曾经用"缺乏教育、讲求实用"来描述这个阶层。阿诺德将英国中产阶级命名为"非利士人"(Philistines),将他们庸俗狭隘的市侩习气称作"非利士主义"(Philistinism)。爱略特在评论文章《德国生活自然史》("The Natural History of German Life",1856)中表达过自己对中产阶级的看法。爱略特首先借鉴德国民俗家里尔(Wilhelm Heinrich von Riehl)对社会分层的观点,特别是对中产阶级的论述。里尔称中产阶级为Philister(即Philistine),他认为:

"非利士人除了一己私利之外对社会利益和公众生活漠不关心，对政治和社会生活没有切身的感受，除非它们影响了自己的舒适和发达（它们为其提供了满足虚荣心的机会和享乐的原材料）；他没有社会和政治信条，总是接受当时最便捷的见解。他占据社会阶层的大部分席位，是判断开明公众时非理性和愚蠢的主要因素。"

爱略特对里尔的定义进行扩展，并直接揭示出中产阶级庸俗的本质，"我们可以想象非利士人代表一种精神：总是从较低的角度判断事物，从较狭隘的角度判断国家事务，毫不犹豫地从世俗的角度衡量宇宙的优点"。爱略特在《丹尼尔·德隆达》中就刻画了一位英国商人议员布尔特先生（Mr. Bult）。他的名字可以让读者联想到英国的绰号"约翰牛"（John Bull）。爱略特嘲讽他"有着健康英国人那种可靠性，红光满面"，他的外表足以反映中产阶级富足的生活，而他的夸夸其谈也体现出英国中产阶级重商重利的气质。

爱略特在《弗洛斯河上的磨坊》中也批判了中产阶级的生活方式，并用"微贱"一词来形容：

"（他们）没有崇高的原则，没有浪漫的幻想，没有积极的、自我牺牲的信念替这种生活添上光彩；没有那种会引起痛苦和罪恶阴影的狂热来影响这种生活；这种生活中没有穷人那种原始粗犷的单纯，那种辛勤谦恭的和廉价的劳动，没有那种替农民生活添上诗意的对自然现象的幼稚解释。"

杜黎弗太太的姐妹是当时中产阶级的代表，爱略特将她们刻画为一种"堕落的、斤斤计较、自私自利的物种，没有同情心也不需要同情心"。在杜黎弗一家破产时，家庭物品也难逃被拍卖的厄运，而购买这些物品的顾客正是杜黎弗太太的姐妹。在这危机时刻，家人不但没能倾囊相助，反而认为是家族的耻辱，还挑三拣四，处处展示市侩的商业头脑。格莱阁姨妈（Aunt Glegg）宁可把资金用作投资收取利息，也不愿出资帮助他们摆脱困境。

而普莱特太太（Mrs Pullet）出场时的眼泪和着装则暗含了爱略特对中产阶级伪善的抨击。普莱特太太为邻居的去世感到伤心不已，在下车之前还要再流一滴眼泪，她的感伤更揭示出爱略特对英国中产阶级文化的嘲讽，"一个衣着入时的妇女的悲悼是多么令人感伤呀！眼前便是个鲜明的例子，说明了高度文明给情感所带来的复杂问题。从非洲丛林的霍腾托人到戴着亭阁式女帽的妇女，期间要攀登多少个等级"。非洲的霍腾托人处于人类进化链条的底端，而现代妇女则占据较高的位置，处于链条上端的普莱特太太并没有表现出多少复杂和高级的情感。她穿着硬麻布大袖子衣服，每条胳膊上戴几只手镯，头上戴着建筑物式的帽子，在表达悲伤时还要注意一下衣着和仪表，使她的悲伤完全成为一种表演，她哭泣的目的只是为了炫耀一下自己的经济地位，因为她有的是金钱和时间使其他事情都变成可敬的，这也说明中产阶级的多愁善感其实只是一种关注和赞美自我的行为。她的着装也只是为了在姐妹面前展示自己的优越感，因为姐妹之间一直在财富和社会地位上进行攀比，在这里中产阶级的虚情假意被表现得淋漓尽致。

中产阶级的伪善还体现在以宗教为名义来掩饰自身对地位和金钱的渴望。格温德琳的姨夫加斯科因（Mr. Gascoigne）是一名牧师。在格温德琳一家落难时，他非但没有伸出援手，反而拿"责任"为借口劝说格温德琳嫁给当地的贵族格朗古。虽然他听说过有关格朗古人品的流言蜚语（格朗古曾经拥有一位情妇和四名私生子），但是他并不在乎，一心期盼格温德琳攀上高枝，自己也能多捞些好处。他以其父亲的身份自居，劝说格温德琳打消顾虑，对自己和家庭承担责任，不希望她愤世嫉俗，而应该"具有宗教般的虔诚，温暖的人情味"。"我肯定你会发现婚姻是责任和爱的新的力量之源，婚姻是女人唯一的真正令人满意的领域。如果你和格朗古的婚事被愉快地确定下来，你会在地位和金钱方面得到巨大的提升，能使其他人受益。"而这场世俗的婚姻给格温德琳带来巨大的灾难，让她痛不欲生。可见，宗教已经成为维多利亚时代英国中产阶级追求名利的障眼法，并为虚伪的中产阶级道德观披上一件"合理"的外衣。

在指出贵族阶级和中产阶级的顽疾之后，爱略特还通过酗酒的情节来批判工人阶级的无知和责任感的缺失。爱略特对工人阶级的生活并不陌生，她曾借用卡莱尔在《宪章运动》（*Chartism*, 1839）中的词语来形容格拉斯哥工人的生活状况，"浓烟、低矮的房子、辛苦得到的工资、罢工和杜松子酒"。她目睹过曼彻斯特工人居住区中的街道和房屋，比任何书上所描写的还要差得多。爱略特借《菲利克斯·霍尔特》中的叙述者表达过自己对工人阶级的同情，矿工在"矿井中双膝跪地前行"，"各个地方的棚屋和儿童都那么肮脏不堪，因为母亲们都把精力放在织布机上"。爱略特虽然同情工人阶级，但是对他们的无知和缺乏责任感的弊端进行批判，并主要通过酗酒的情节体现出来。

饮酒是工人阶级生活的必要组成部分，"在农业工人、卸煤工人和矿工看来，啤酒是任何体力劳动者不可缺少的饮料"。《菲利克斯·霍尔特》的开头就通过马车夫的视角聚焦煤矿工人的生活：矿工在呼呼大睡中度过白天的时光，然后起来把大部分工资花在酒馆里，与互助俱乐部的工友们在一起消磨时光。酒馆是工人阶级的主要集会场所，"酒馆的形象由工人阶级饮酒文化的苦难所塑造，所以它意味着文明、理性、有责任感的公民意识的缺失"。在维多利亚时代，工人酗酒是一个普遍现象，恩格斯在《英国工人阶级状况》（The Condition of Working Class in England, 1845）中详尽地描述过工人酗酒的普遍程度和由此导致的社会及道德问题，"在格拉斯哥，每个星期六晚上至少有3万个工人喝得烂醉，……1830年每十二幢房子中有一家酒店，而在1840年每十幢房子中就有一家"。

小说《菲利克斯·霍尔特》创作于19世纪60年代，而此时正是议会第二次改革结束之时，而这次改革的核心在于工人阶级努力争取更多的选举权。小说背景主要聚焦1832年议会选举时的暴乱事件，爱略特为此专门查看了1830年前后的《泰晤士报》（The Times）。小说中主人公哈罗德打着激进派的名义希望在选举中为自己谋利，他的竞选助手约翰逊将工人阶级经常聚集的酒馆当成捞取政治资本的最佳场所。"酒馆并不是公民们可以聚集在一起仔细斟酌公众意见的场所"，他们贿赂欺骗选民，来争取工人阶级的选票。行贿纵酒是当时普遍的做法，"甜面包酒馆（Sugar Loaf）给工人们发酒券，引诱他们去竞选日助威。法案公布后，招待就停止了……两个持对立观点的竞选人往往分摊这笔招待费"。而当时的工人阶级是一群野蛮的不负责任的人，他们有酗酒的陋习，一旦兴奋起来行为就会失控。"大多数选民只关心更多的钱，只关心更多的酒，只斤斤计较一己之私不顾他人利益，根本不顾社会正义。"阿诺德也曾经表示，工人阶级有可能成为暴民的一部分，他们没有自己的"运行轨道"，"爱在哪儿集会就在哪儿集会，想吆喝就吆喝，想推推搡搡就推推搡搡"。小说中的选民在酒精的催化下，开始离开酒馆的聚集地，转向公共街道，在一些别有用心的人的带领下，转变为暴民，甚至导致警民之间的暴力冲突。"目前尚未见证据清楚表明有任何恶作剧的预谋，只有证据表明，人群中大部分人喝了酒兴奋起来，而他们的行为很难指望胜过在哄叫冲撞中聚在一起的猪牛的行为。"

小说中的另一位激进派成员霍尔特是"工人阶级知识分子"，也是阿诺德笔下的"异己分子"。霍尔特出身中产阶级，受过良好的教育，却不与中产阶级为伍，而是忠诚于劳工阶级，以当钟表匠谋生。他希望工人阶级能够获得权利，但同时他认为，工人如果不能改掉酗酒的毛病，提高文化水平，一切都没有用处。"卡列班（Caliban）就是卡列班，即使你繁殖一百万个，他也只会崇拜拿着酒瓶的特林鸠罗（Trinculo）。"① 他还这样批评工人的无知和酗酒：

---

① 卡列班和特林鸠罗都是莎士比亚戏剧《暴风雨》中的人物。

"一种是损害的力量——用大量的人力和物力毁掉已经做成的事物，浪费和破坏，恃强凌弱，撒谎争吵，乱语中伤，这是无知者的力量，这种力量永远做不出木凳，种不了土豆，你还以为它能有益于治理一个国家、制定合理审慎的法律、为千百人提供衣食住宅？无知的力量将和邪恶的力量导致同样的苦果，它会带来苦难。"

霍尔特同情工人阶级，认为政治权利应该得到重新分配，但是在这之前工人阶级需要培养理性和责任意识，即实现自我改造。因为在他眼里，"100个工人里有70个是不清醒的，70个里一半只知道喝酒……另一半无知、卑鄙、愚蠢"。他认为没有一个政治制度能够改变无知的本性，也无法阻止罪恶和苦难的产生，唯有文化教育才能改造工人阶级。所以，霍尔特在小说结尾处开办学校，以期改变工人阶级无知的现状，并希望将权力交给拥有"知识、科技、诗歌、高度思想、感情、习惯、保留伟大记忆"的最聪慧的阶级，因为无知的人掌管权力，只会导致邪恶。"如果他能说动这些人从酗酒中节省钱为孩子交学费，比劝说贾斯丁和他的公司建学校来的效果更大。"在他看来，无知是一种疾病，如果孩子不接受教育的话很容易受到道德瘟疫的侵袭。酒精只能带来一时的快感，唯有教育才能有益于下一代，这种做法虽然收益缓慢，却能发挥持久的作用。可见，爱略特对激进改革持保留态度，她认为接受良好的教育可能比通过激进的方式得到选票更为有效。

爱略特通过对三个阶层的文化考察使我们看到，他们各自为政，各行其是，无法承担国家的领导权，从而导致社会的无政府状态。正因如此，爱略特在《霍尔特致工人辞》（"Address to the Working Class"，1868）一文中号召各阶层从自己的社会位置出发，根据更为迫切的对国家的责任，把对本阶层利益的追求转变成对本阶层责任的追求。她还希望通过寻找"异己分子"，改造阶级文化。

第四节 岛国气质与帝国意识

"英国性"的另一表征在于排他性，它是英国民众傲慢与偏见的产物，具体体现在岛国气质的狭隘性和帝国意识的霸权性两个方面。

提到英国人的岛国气质离不开对英国地理环境的考察。希波克拉底（Hippocrates）、孟德斯鸠（Montesquieu）、拉采尔（Friedrich Ratzel）等学者均认为，人是地理环境的产物，地理环境对人类的生理、心理、社会活动等多方面均有影响。20世纪英国著名作家劳伦斯指出，"每一个民族都与其所在的某个特别地域、某个居所、某个家园有磁场感应,每一个具体地域生来就有某种微妙的、磁性的或富有活力的感召力,正是这种感召力令其居民保持稳定。因此,种族问题说到底既是遗传问题,也是地方问题。正是大英岛屿(这个地方)真正决定了英国的民族特性"。英国是一个远离欧洲大陆的岛国,四面环海的地理位置甚至成为英国民众引以为傲的事实。莎士比亚在戏剧《辛伯林》(*Cymbeline*, 1609)中就赞美过英国作为岛国的天然优势,但是这种封闭的地理环境也造就了一个狭隘、保守的民族。

英国人的狭隘保守体现在对异乡人的偏见上。爱略特的小说《牧师情史》("*Mr. Gilfil's Love Story*", 1857)中的人物就表示自己"对外国人没什么好感,看够了他们那些吃食和他们那种讨人厌的样子","头一遭干活的地方就有一个专管衣裳的法国男仆,他偷丝袜,偷衬衫,偷戒指,凡是他的手够得着的东西他都偷,到头连太太的珠宝匣子都拿上跑了。他们都似一路货,这些外国人,他们那似胎里带来的"。《牧师情史》中的意大利女子卡特琳娜(Caterina)同样受到英国人的排斥。她虽然被英国贵族老爷谢福勒(Cheverel)收养,但贵族老爷谢福勒还是表达出英国文化的优越性以及规训异域女子的意图,"一个基督徒的任务在于把这个小小的天主教徒培养成好的清教徒,尽可能地在意大利的枝干上嫁接更多的英国果实"。《亚当·比德》中干草坡(Hayslope)的村民们谈论英法战争时,将法国人看成是不堪一击的蛤蟆和蝗虫,从而可以看出"对法国人的那种不堪入耳的谬见似乎已经渗入普通英格兰人的灵魂"。在当时英国人的眼中,法国是迷信、好战、堕落甚至不自由的代名词。

英国民众的排他性还体现在小说《米德尔马契》中。《米德尔马契》的副标题为《外省生活研究》(*The Study of Provincial Life*),外省是封闭和落后的代名词,也是英伦岛国的缩影,而"Middlemarch"一词的前半部分"middle"具有中心的意思,正好暗讽了小镇人将此地当作世界中心的狭隘心理。外乡人是该小说中的重要组成部分,充满浪漫气质的威尔就是其中之一,而他作为外乡人被排斥的遭遇也体现出英国民众的岛国气质,即无知和狭隘。威尔是一位饱受争议的人物,他受到批评家不同程度的指责,詹姆斯称他为半吊子艺术家,利维斯认为威尔"没有独立的身份",国内学者廖昌胤对威尔也持批评态度,说他的言行是"无政府主义的表征",浅薄自私。但是以威廉斯和牛顿为代表的学者却看到了他身上的闪光点,认为威尔"没有固定的家园,他能够迁移、适应、成长"。牛顿从浪漫主义的角度也肯定了威尔的形象,"威尔比以前的批评家想象得更具中心地位,刻画得更加成功"。需要注意的是,威尔复杂的身份隐含着爱略特对英国民众狭隘岛国气质的批判。

　　威尔在德国海德堡接受过教育，那里是德国浪漫主义的中心，乡绅布鲁克先生两次将他比作雪莱，因为威尔对自由、平等和解放都充满热情。批评家对威尔的原型人物有不同猜测，如政治家迪斯雷利、爱略特的爱侣刘易斯，第二任丈夫克罗斯，继子桑尼（Thornie）。没有遗产和英国姓氏的威尔是"春的化身，一个充满着模糊希望的光辉形象"，有点像"吉普赛人，宁愿自己不属于任何阶级"，他是爱和美的追求者，他没有等级和地位的偏见，喜欢艺术和旅行，具有丰富的内心世界。威尔的身世更加强化了他与传统英国文化的格格不入：威尔的祖母朱莉亚（Julia）由于嫁给一名波兰的艺术家而被剥夺遗产，而威尔的妈妈萨拉（Sarah）则是一名犹太典当商的女儿，为了追求艺术事业并远离典当生意的铜臭气选择离家出走。所以，威尔的血液里流淌着波兰人和犹太人的血液，正是这种特殊的身份招致小镇居民带有偏见的攻击，说"他的血液里乱七八糟，什么都有"，是"外国间谍"，"犹太人，科西嘉人，吉普赛人，都是万恶的外国血统"，"玩白鼠的意大利人"。在当时玩白鼠的意大利人通常指在街头耍鼠卖唱，靠人施舍来过活的乞丐。詹姆士爵士也希望打发掉碍眼的威尔，将其派到海外殖民地去。比蒂（Jerome Beaty）甚至注意到威尔血统中的犹太性，"爱略特在小说中表示出了对犹太人的兴趣，要早于《丹尼尔·德隆达》。威尔在《布鲁克小姐》①中的作用和丹尼尔起到的作用是一样的"。

　　爱略特对英国狭隘岛国气质的批判主要体现在威尔与卡苏朋的激烈交锋中。牧师卡苏朋具有狭隘的岛国气质，他不仅对婚姻抱有霸权思想，还是一位麻木不仁、心胸狭隘的人，"他的身体里没有一滴人的血液……都是分号和括弧"，"比木乃伊好不了多少"，是"最好的干燥剂"。他整天与古书为伴，生活在幽闭的空间，他的住宅窗户狭小、外表阴郁，有秋天的萧条气息，书室内只有阴暗的书架和褪色的地毯，带着阴森森的地狱般的潮气，让人窒息。卡苏朋如同井底之蛙一门心思搞学问，却不知德国人早已处于领先地位，同时卡苏朋不懂德语，占有的多是二手资料，研究的可信度也不高。而威尔具有热情和同情心，他喜欢和孩子们在一起玩耍，流连于罗马的贫民窟。"威尔才思敏捷，乐观向上，与卡苏朋沉重的学问形成有趣的对照。"第一次与卡苏朋夫妇偶遇时，威尔虽然注意到这对老夫少妻组合的滑稽性，但是他并不带有嘲笑和自命不凡的想法。而卡苏朋在多萝西娅的亲朋面前却极力树立正直无私的形象，表明威尔受自己的资助，却对遗产的事情只字未提，他还对威尔热爱自由的个性表示否定，说

---

　　① 《米德尔马契》最初的书名。

他不肯下功夫,怎么劝说都没有用。在罗马时,威尔与卡苏朋夫妇的偶遇让多萝西娅了解到卡苏朋的科研工作只是徒劳无功。卡苏朋对异乡遇亲友的经历没有表现出一丝惊喜,反而指责威尔浪费光阴。两人的形象在这里有了进一步对比,威尔"像阳光一样灿烂……这种闪光是天才的决定性标志。相反,卡苏朋先生站在那里,却没有一点光彩"。虽然卡苏朋出于亲属的职责对威尔进行资助,但心胸狭隘的他认为威尔处处在与他作对。当卡苏朋得知威尔将辅助布鲁克先生参加竞选时,他立刻表示反对,甚至流露出断交的意思,他在信中写道:

"某些社会准则及礼节绝不允许我的一个近亲,在这一带以任何明显的方式,接受一种不仅大大低于我的地位,而且至多只是与肤浅的文学或政治冒险家的相关的职务……相反的抉择必将使你今后在我家中不再受到欢迎。"

在这封信中,卡苏朋暴露出自己的无知,他把竞选宣传看成是肤浅的或冒险性质的,而没有看到政治变革的积极意义,同时信中强硬的语气也表明他对威尔的偏见,他根本没把威尔的第一份工作放在眼里,而威尔的坚持更被看成是与他作对,感到危机的卡苏朋想尽办法来对付他,还在遗嘱上写明多萝西娅如果改嫁威尔将失去财产。与狭隘自私的卡苏朋相比,威尔却在不断成长,他将热情投身到公共事务当中,"他那种一触即发的反抗精神,也促进了他的社会意识的高涨"。为了打消人们误以为自己贪图多萝西娅的财产的想法,在卡苏朋去世后,他选择离开米德尔马契,得知自己身份后他拒绝了布尔斯特罗德的资助。最终多萝西娅放弃财产继承权,有情人终成眷属。

在刻画威尔形象的同时,爱略特还通过乡绅布鲁克发表的竞选演讲对小镇人的封闭心理进行批判,他表示:

"我一直在解决社会上的各种纠葛,例如,机器生产,还有破坏机器……必须看到一切地方,正如有人说的,'从中国到秘鲁'都要看到。……我就是一个漫游者……我到过中东地区,你们米德尔马契的货物有些就是销到那儿去的。还有,也销往波罗的海。"

布鲁克是受过剑桥大学教育的知识分子,曾经与华兹华斯同学,又多次到欧洲各地游历。虽然他广泛涉猎又不求甚解,说话经常颠三倒四、词不达意,他对政治的热心最终沦为一场闹剧,但是他对小镇人们封闭、无知心理的认知还是有一定道理的。布鲁克在演讲中提到"从中国到秘鲁"(from China to Peru) 这一短语也是希望英国民众能够突破自身的狭隘心理,拥抱更广阔的世界。"布鲁克为他的选民们坚持远方的重要性是正确的,即使米德尔马契人并没有看到它们之间的联系……狭隘性(provinciality)是小镇的问题之一。"早在18世纪,英国作家斯威夫特(Jonathan Swift)在散文《书籍之战》中就批判过英国民众的狭隘心理,他指出,"哪一种生物更高贵?一个仅关心四英尺见方的弹丸之地而且狂妄自负,虽然自给自足,却变一切为废物和毒液,最后造出来的只有毒药和蛛丝;另一个以天地为家,凭着不懈追寻、潜心研究以及对事物的正确判断和辨别,带回了蜂蜜和蜂蜡"。在这里,蜘蛛可以看成是狭隘盲目的英国人的代表,而蜜蜂则代表了四海为家、具有广阔视野的英国人。爱略特通过对英国民众岛国气质的批判表达出自己对"英国性"中排他一面的质疑。

英国民众不仅具有狭隘的岛国气质,还拥有自高自大的霸权意识,这与当时的帝国语境密不可分。在当时英国人的心目中,总是或多或少具有帝国情结,从某种程度上讲,日不落帝国是英国人最大的身份认同之一。"英国人的身份与帝国联结在一起。在19世纪,既是想象的又是亲身经历的帝国是英国人身份的重要组成部分,特别是与白种人紧密相连。"爱略特成长的岁月正是英国国力上升,英国人的帝国意识逐渐达到顶峰的时期。蒸汽轮船和火车的发明改变了长久以来的生活方式,达尔文的进化论学说为白种优越论提供了最直接的科学依据。

帝国在爱略特的生活中也扮演着不可或缺的角色,爱略特不仅投资过帝国的铁路股票,还将两个"养子"(其爱侣刘易斯之子)送到南非谋求生存机会,并且在担任编辑期间审阅过不少以冒险为题材的文学作品。爱略特在多部小说中都有对大英帝国的指涉。《罗慕拉》中的故事虽然发生在15世纪末文艺复兴时期的佛罗伦萨,但是这并不妨碍爱略特将她所处时代的生活影像、观念、意识和关切向小说时空渗入。小说中的佛罗伦萨与大英帝国的语境有着不少共通之处,因为二者都是当时世界的中心之一,它拥有"最纯洁的金币,最精美的颜料和织物,最著名的学问和诗才,以及最有用的政治和财权的智慧等的力量",爱略特在描写古典学者巴尔多的房屋时就顺笔提到与之相邻的仓库,那里堆满不少值钱的货物,分别运往世界各地。这些描述都指向同样处于世界巅峰的英国,小说中出现的"政治共同体"(commonwealth)和"会计事务所"(counting-house)用来形容大英帝国再合适不过了。

小说《弗洛斯河上的磨坊》讲述的是发生在19世纪30年代一个偏僻小镇——圣奥格古镇(St. Ogg)的故事,但是结合小说19世纪60年代的创作背景还是可以发现帝国语境的植入。从19世纪30年代到60年代,英国社会从农耕时代过渡到了商业化时代。19世纪30年代的谷物法案(*The Corn Law*)保护了本土的农业,使农业基本上能够自给自足。但是到了19世纪50年代,粮食进口上涨了四倍,特别是面粉更是高涨了十二倍。1846

年，谷物法的废除标志着英国从一个重视农业的国家转变为一个工业化和商品化的国家，棉纺织业是当时的主要支柱性产业。世代经营磨坊生意的杜黎弗一家遭遇了生存困境，而汤姆却在经营纺织品的盖斯特公司大获成功。然而英国的商业触角并不局限于国内，还延伸到其他国家，具有了全球化的格局。英国从美国进口大量的棉花作为棉纺织业的原材料，而棉花正是来源于美国南部的种植园，这里是黑奴主要的劳作之地。棉纺织业的成品则从英国又出口到美国以及英国的殖民地，包括印度、澳大利亚、加拿大、南非和中国。这对殖民地本土的手工业造成了巨大的冲击，使他们沦为只能提供食物和原材料的殖民地。正是海外贸易使英国迅速成长为大英帝国。圣奥格古镇也是大英帝国海外贸易的一部分，"黑色的船只从遥远的北方运来了货物在这里卸下，然后换上宝贵的内陆产品——精工制作的奶酪和柔软的羊毛运走"，"奔流在那平原上的浩荡的河水其实是把这个英格兰古镇微弱的脉动跟世界那强大的心脏联系在一起的"。可以说，圣奥格古镇初步彰显了大英帝国的蓝图。

大英帝国不仅彰显了英国的商业实力，还"造就了一个帝国主义的民族"。萨义德认为，帝国主义总是与殖民主义结合在一起，因为大英帝国的扩张离不开对殖民地的征服，"作为一名殖民者是19世纪'英国性'中不可或缺的一部分"。特瑞姆（Ryan S. Trimm）曾经指出，"英国性"在很大程度上是通过殖民地所面临的种族差异形成的，从而使殖民者同具有他性的被殖民者区分开来。鲍科姆（Ian Baucom）和吉甘迪（Simon Gikandi）也表示，"英国性"是"殖民文化的结果"（Gikandi xii）。

爱略特在这部小说中对帝国文化中的霸权意识进行讽刺。汤姆曾经在妹妹麦琪面前吹嘘自己在学校期间有多勇敢时，麦琪直接抛出这样一个问题：

"啊，你多么勇敢，汤姆！我觉得你就像参孙呢。要是有狮子对我吼叫，你是会去打的，我想——你会吗，汤姆？"

"哪儿来的狮子对你吼叫呀，傻姑娘！根本没有狮子，只有表演才有。"

"没有，可如果在有狮子的国家里——我指的是在非洲，那儿热极了。狮子是要吃人的。我在书里看见的，我可以让你看。"

"那我就拿枪把他打死。"

"可万一你没有枪呢。……"

汤姆停了一会儿，终于轻蔑地走掉了，说，"可狮子不会来的，说了有什么用？"

在殖民地的英国人常常把猎食动物作为征服异类的象征，汤姆对武力的推崇似乎与殖民者的征服欲望有着异曲同工之妙，爱略特在小说之初就指出汤姆喜欢支配低等动物，爱略特还讽刺道，"对我们的种族来说，都是一种前途极有希望的特点"。而麦琪在这里提出没有枪的时候如何制服非洲猛兽时，汤姆却哑口无言，最后只好轻蔑地走掉。如果狮子有对非洲被殖民者的指涉，那么麦琪提出的疑问也暗示着非洲人对英国武力的无声抵抗。爱略特还在散文《现代嘿！嘿！嘿！》（"The Modern Hep! Hep! Hep!"）中直接批判过英国的殖民主义，她指出，"我们是一个殖民的民族，正是我们惩罚了他者"。

爱略特的天鹅绝唱《丹尼尔·德隆达》也是分析其"英国性"的重要作品，亨利（Nancy Henry）指出，该小说展示了"英帝国主义更复杂的图景……揭示了帝国主义做法在道德上令人质疑的地方"。拉弗西也认为爱略特利用种族和女性的他性（otherness）来质疑"英国性"。小说中的另一位女性人物莉迪亚（Lydia）带有异国他者的指涉，这一形象不仅为格温德琳和格朗古婚姻悲剧提供理由，还体现出爱略特对帝国主义霸权意识的批判。

莉迪亚是贵族格朗古的前情妇，跟他有九年的恋情并育有四个私生子（其中一位是男孩）。在格温德琳决定嫁给格朗古时莉迪亚就曾出面阻止。格温德琳虽然做出不嫁的承诺，但是因后来的经济窘境不得不打破誓言。莉迪亚在返还格朗古曾经给予的钻石时对两者的婚姻进行诅咒，使其蒙上阴影。格朗古不幸溺水身亡后几乎把所有财产留给他唯一的男性后代，他与莉迪亚所生的儿子。从格温德琳的婚姻悲剧来说，莉迪亚很可能是个邪恶的人物，但是吉尔伯特和古芭从女性主义角度将莉迪亚和格温德琳看成是他者，因为两人都是格朗古奴役的对象，都是受害者。不仅如此，爱略特还赋予莉迪亚种族批判的意义，从而强化了爱略特对大英帝国殖民事业的质疑。虽然莉迪亚是一位英国女性，但是爱略特在描写她的外表和生活环境时反复使用"黑色"这个字眼，包括她那黑色的眼睛、黑眼睛的子女、黑乎乎的居住环境，使其与纯正的英国人区分开来，而被归入其他族群的行列，特别是黑人。洛瑞姆（Douglas Lorimer）曾指出，"维多利亚时期的人们把黑人看作是盎格鲁-萨克逊民族的对立面，从这些黑人的反面意象中，可以清楚地体察到盎格鲁-萨克逊民族的独特性"。值得注意的是，这种对其他族群的指涉虽然具有象征和比喻的含义，却同样暴露了殖民关系中的不平等，可以说爱略特对莉迪亚的刻画进一步批判了维多利亚时代的帝国主义意识形态。

作为一名情妇和贵族的依附者，莉迪亚在性别和阶层上都处于不利地位，而同时她又在"种族"身份问题上具有他者的指涉，所以将她与格朗古的关系看成是殖民关系并不为过。卡罗尔（Alicia Carroll）分析过爱略特对异国情调与色情文本的暗示，认为格温德琳与德隆达包含着一种白种人与非白种人通婚的关系。借用该视角，格朗古和莉迪亚的关系也具有了白种人与"黑种人"通婚的嫌疑，因为莉迪亚外表的异域风情具有黑色种族的暗示，同时她"种族"身份又因曾经嫁给过一位爱尔兰人格拉泽上校（Colonel Glasher）而更加复杂化。在英国，爱尔兰曾经被描述成一个狂野的国度，"爱尔兰代表着一个对英国文明构成威胁的未开化的蛮荒世界"，那里充斥着未开化的男男女女，对爱尔兰人负面的刻板印象也流传于民间文化中。将爱尔兰人排斥在英国文化之外，排斥异族通婚也是保持英国人纯正血统以及"英国性"的手段之一。《呼啸山庄》（*Wuthering Heights*，1847）中的男主人公希斯克利夫（Heathcliff）正是因为爱尔兰人的身份而被贴上了各种具有偏见的标签，如动物、野人、神经病和魔鬼。作为一名爱尔兰人的妻子，莉迪亚还曾经哺育过具有爱尔兰人血统的孩子，她的身份似乎更加低人一等。

  格朗古是贵族的一分子，拥有纯正的英国血统，他自私、残忍、具有霸权意识，爱略特还多次用残忍的"蜥蜴"和"鳄鱼"来形容他的霸权意识。他那一身松松垮垮的姿态、苍白的肤色、狭长冷漠的眼神被当成英国绅士的标志，爱略特将他的冷漠自私讽刺为"英国的民族品位"。他把自己看成是帝国的统治者，称他的管家拉什（Lush）为首相，还希望通过奴役妻子格温德琳来建立恐怖帝国。小说中的叙述者评论道，"如果这样一位身材笔直，拥有白色手掌的人被派去统治一个难以管教的殖民地，他很可能在同时代人中赢得声誉"。在谈论1865年牙买加黑人叛乱事件①时，格朗古的种族歧视思想昭然若揭，他认为牙买加的黑人是一群野蛮的卡列班。

  威尔逊（Angus Wilson）认为格朗古代表了一种难以单纯用心理学或社会分析所解释的超验的邪恶（transcendental evil）。如果从帝国语境出发的话，格朗古正是殖民主义邪恶的代表，莉迪亚的身上就留下了被殖民主义摧残的印记。格朗古对妻子格温德琳的奴役关系也同样适用于莉迪亚，"她的丈夫已经占据了上风，她无法抵挡，如同无法制止触碰鱼雷后产生的麻木"。莉迪亚也成为格朗古被奴役种族的一部分，她的年轻美丽变得黯淡无光，就连她自己照镜子时也发出了时光飞逝的感慨。与刚刚开放的

---

  ① 1865年10月，在英帝国殖民地牙买加爆发了殖民当局屠杀本地黑人的骇人事件，即"莫兰湾惨案"（The Morant Bay rebellion）。随后，围绕是否审判当时事件的主要责任人——牙买加总督埃尔（Edward Eyre），英国朝野进行了数年的争论，并形成支持和反对埃尔的两大阵营。在论战中，英国民众普遍显示出帝国主义和种族主义的倾向。

百合花一般的格温德琳比起来，莉迪亚却只有弯曲的黑头发和大大的、焦虑的黑眼睛。格温德琳的白皙与莉迪亚的黑色特质形成鲜明的对比。

作为一名殖民者，格朗古还把莉迪亚幽闭在一个类似殖民地的空间中，莉迪亚生活在乡下格斯米尔（Gadsmere），一个"黑乎乎的类似狗窝的地方"，"死气沉沉"。她的家与世隔绝，没有责备，也不用忏悔。格斯米尔如同遭到殖民主义踩躏的莉迪亚，它以前是充满生机的乡村，现在却被黑乎乎的煤矿所笼罩，"花坛空了，树叶掉光了，池塘在黑色的背景下颤抖着"（311），旁边还毗邻着古老的种植园。爱略特将莉迪亚的黑色体征与黑色的生活环境联系在一起，使两者指向黑人与非洲大陆，而她们又都在邪恶的殖民者手中受到奴役和禁锢。

爱略特在揭示莉迪亚所受摧残的同时，还通过设置与钻石有关的情节来表明莉迪亚作为"他者"对"英国性"的反抗，从而进一步说明爱略特对殖民主义的质疑。在格温德琳—格朗古—莉迪亚三者的情感纠葛中，钻石起着重要作用。"格朗古对莉迪亚的激情曾经是他所了解的最强烈和最持久的"，在两人感情最甜蜜之时，格朗古曾经将母亲的珠宝赠予莉迪亚。钻石象征着财富和地位，同时也是格朗古控制莉迪亚的一种手段。当格朗古在迎娶格温德琳之前准备要回钻石时，两人的权力之争拉开序幕。莉迪亚虽然无法拒绝格朗古的要求，但是她也用自己的方式表达不满和抗争。她坚持要在婚礼当天邮寄给新娘本人，还向格朗古控诉自己的不满，"你给我这些钻石戴的时候，并没有想到会有另一个妻子，……难道我生来有错？一切都从我身边夺走"。格朗古念在多年感情的份上，并没有对她使用暴力，他知道武力不会发挥作用，所以只好服从。在格朗古离开时，他也不得不感叹，尽管莉迪亚依附于他，但是他却没有办法完全操控她。钻石虽然珍贵，但也并不是完美无缺。金（Charles William King）分析过钻石两面性，"钻石具有去毒的功效，但是如果内服的话会有致命的危险"。莉迪亚将钻石变成了格朗古和格温德琳婚姻的毒药，在返还钻石时，莉迪亚还附信一封来指责格温德琳的背信弃义并对他们的婚姻进行诅咒，"你嫁的人有一颗枯萎的心，他一生最美好的年轻之爱属于我；你夺取余下的爱时，不可能把那一份从我这里夺走。那份爱死了，而我就是你的坟墓。你幸福的机缘和我一起埋葬了……你会得到报应的。我全副身心盼望着那一天"。这些钻石如同毒药一般渗入格温德琳的身体。

钻石也象征着莉迪亚与非洲大陆连接的纽带，爱略特于1876年完成这部小说，这也是大英帝国在非洲扩张的重要时期。1867年，第一颗钻石在南非被发现，随后人们又发现了重达83.5克拉的大钻石，被称为"南非之星"。1869年真正的"钻石热"到来。爱略特对南非的关注也几乎始于

19 世纪 60 年代，刘易斯的两个儿子来到南非寻找生存机会，他们与爱略特有频繁的书信来往，并告知爱略特南非的政治局势。1870 年，继子曾经在给爱略特的信中写道，"我没有什么消息要告知给您，除了大家对钻石的迷恋之外"。爱略特十分关注 19 世纪 70 年代的南非祖鲁之战（The Zulu War），还在信中明确表示在这场战争中"我们是邪恶的"。所以，爱略特对于南非的奴隶贸易和南非作为钻石产地的事实并不陌生。莉迪亚对钻石的争夺也更像是强化自己与非洲大陆联系的一种方式。

由于具有莉迪亚的血统，她的四个子女也具有黑色的体征，她们都被描述成黑眼睛、棕色皮肤的孩子。如同莉迪亚一般，几个孩子只不过是格朗古的财产，格朗古并不愿意承认他们之间的血缘关系，而他们对自己的父亲也没有任何亲密的举动，只是充满恐惧和腼腆。孩子只把格朗古看成母亲的朋友，要么乖乖服从，要么躲到一边。

从上述分析可以看出，格朗古和莉迪亚的关系具有殖民者和被殖民者关系的指涉，而格朗古的行为蕴含着种族压迫的含义，他对自己的贵族身份和英国血统抱着优越的态度。他把不同血统的人看成他者或者贱民，体现出大英帝国殖民主义的罪恶，而莉迪亚的反抗进一步说明爱略特对帝国意识中的排他性表示质疑。

格朗古作为一名蛇蝎心肠的殖民者，实施着对莉迪亚和格温德琳的双重压迫。具有因果报应观念的爱略特安排了格朗古溺水身亡的桥段，使格温德琳摆脱恶魔的折磨。但是格朗古大笔遗产的归属也成为一个重要问题，由于格温德琳和格朗古没有子嗣，格朗古只留给她少量的财物，大部分遗产则由莉迪亚和格朗古的私生子小亨利（Henleigh, Jr.）继承。莉迪亚从乌烟瘴气的煤矿区搬入格朗古的豪宅，而格温德琳由于经济地位一落千丈不得不回到自己寒酸的旧居。小亨利以前并不为世人所知，但是现在摇身一变，成为英国贵族，拥有丰厚的财产和显赫的头衔，格朗古建立的帝国统统交到一个男孩的手里，而这个男孩具有"种族混杂"的比喻含义。这似乎表明，大英帝国不再由纯种的英国人把控，而是融入了异族的血脉。

爱略特在给斯托夫人的信中写道，"我们对犹太人和其他东方民族表现出来的一种傲慢、不屑和专制是显而易见的，这已经成了我们民族的耻辱，……那是一种智性偏狭的表现，简单来说，就是一种愚蠢，它仍是我们文化中的印记"。这里的"东方民族"也包括黑人。爱略特还表示，"我们对非洲的了解少之又少"（*Evenings in My Tent* 330）。可见，爱略特并没有抱着种族的优越感，对其他文明视而不见，也许正是这样博大胸怀，才能摆脱英国文化的狭隘。在爱略特看来，世界上并没有所谓的种族纯洁，任何试图通过种族、性别、阶级的标准把人类分门别类的做法都是徒劳无益的。拉斯金（Jonah Raskin）认为，爱略特缺乏在殖民地游历的亲身经历，她的小说也没有将帝国殖民事业作为主要内容，所以她在描写和批判帝国主义时会存在不足之处。通过以上分析可以看出，爱略特对"英国性"中的帝国主义霸权意识有着深刻的认知，并对此表示出质疑和批判。她希望这部小说让人们认识到这些具有不同习俗和信仰的人也是他们的同胞。爱略特对其他种族的同情之意是难能可贵的，甚至超出了整个时代。

本章结语

综上所述，爱略特对英国文化中的弊端表示出深深的焦虑，具体体现在工业化幽灵、男权文化中的性别关系、阶级文化的无政府性、傲慢与偏见四个方面。工业文明不仅物化了自我，导致理性和感性的分离，利己主义盛行，还使人与人的关系沦为现金联结，从而造成英国共同体的缺失和精神家园的失落。而性别关系的不平等和阶级文化的弊端则成为英国文化中的另一毒瘤。爱略特主张女性解放，并希望打破阶级壁垒，医治阶级文化。英国民众的傲慢与偏见通过岛国气质的狭隘性和帝国意识的霸权性体现出来。可见，"英国性"已经成为"英国病"的代名词，同时也意味着民族文化品位的失落。

第三章 爱略特对"自我"的建构

"'英国性'是一种稳定的道德属性,良好的公民具备这种属性会得到应有的认可和成功。"18世纪的英国哲学家休谟(David Hume)也认为民族性主要是由道德原因建立起来的,他曾经在《论国民性》("On National Character")一文中指出,德性因素比地理因素和生理因素更能决定国民性。

英国的维多利亚时代被认为是一个重视道德的时代,道德意识居于维多利亚主义的核心。整个维多利亚时代的英国主流社会都信奉严肃保守的福音派思想和卡莱尔等人宣扬的工作伦理,社会各阶层都认可勤俭、谦卑、勤奋和社会责任感的品格,这些品质都参与构建了这个时期的英国民族性格。爱略特被认为是维多利亚时代的道德典范,英国道德文化的救世主,她曾经在散文中表述过自己对于加强小说家道德意识的看法,爱略特认为治疗"英国病"的药方不是激进的社会改革,而是国民道德素养的提高。一个民族是由每个完善的个体组成的共同体,只有个人的道德素质不断完善才能使完美的队伍不断发展壮大,并最终走向"甜美"和"光明"。具有独特道德关怀的爱略特为维多利亚时代的英国注入了新的活力,并主要通过培养具有同情心、责任感、正义感的"最佳自我"[①] 来实现建构"英国性"的第一步。

第一节 "由己及人"的同情

在18世纪的英国,斯密和休谟就通过论述"同情"来树立对人本性善的信心,并以此培养英国民众高尚的道德情操。斯密在《道德情操论》(*The Theory of Moral Sentiments*, 1759) 的开头就提到了"同情"的概念:

"人,不管被认为是多么的自私,在他人性中显然还有一些原理,促

---

① "最佳自我"(bestself)是阿诺德文化理论中的重要概念,它指的是超越狭隘的党派、阶级偏见和一己之私的自我,代表着这个民族的健全理智(national right reason)。

使他关心他人的命运，使他人的幸福成为他的幸福必备的条件，尽管除了看到他人幸福他自己也觉得快乐之外，他从他人幸福中得不到任何其他好处。于这一类的原理，是怜悯或同情，是当我们看到他人的不幸，或当我们深刻怀想他人的不幸时，我们所感觉到的那种情绪。"

"也就是说，同情是人类自身的一种机能，是道德判断的工具。同时，斯密认为，同情是换位想象之后的结果。这种换位构成了现代社会中陌生人主体之间的纽带，具有调节自我与他者之间界限的作用。休谟也认为同情是人性中最突出的特质，"人类灵魂的交感是那样地密切，以至任何人只要一接近我，他就把他的全部意见扩散到我心中，并且在或大或小的程度内影响我的判断"。

这一同情"他者"的语境也延续到19世纪。著名评论家莱文（George Levine）指出，"去了解、尊重甚至热爱他者的深刻道德能量是维多利亚文学的核心"。维多利亚时代的知识分子塑造并参与了利他主义文化的建构，认为自私是道德污点的源泉，而利他则是美德的核心。维多利亚时代的道德家展示出"对自私自利过度的排斥，他们的反思由鲜明的利己主义和利他主义之间的对比构成"。"对爱略特来说，同情是道德的本质。"她在作品和书信集中多次表达这一观念，并反复使用"同胞"（fellowmen）、"同胞情谊"（fellowship）的字眼。爱略特还赋予"同情"以深刻的道德含义："我个人的经历和发展每天都在加深这一信念，即我们的道德进步取决于我们在何等程度上理解和感受个体的痛苦与欢乐。"她同时也指出，"艺术是最接近生活的事物，它是超越我们个人命运来扩大经历和增加我们与同胞接触的方式。致力于描绘人们的生活是艺术家更神圣的职责"。在《现实与超现实：论诗人杨格》（"Worldliness and Other-Worldliness: The Poet Young", 1857）一文中，爱略特还写道，"真正的道德是对同胞快乐与悲伤的积极参与……在于扩大和增强我们同情的本性"。爱略特对理想女作家的期许也离不开"同情"这一标准，"真正有文化的妇女不会只为你提供信息，那只是文化的原材料，她会给予你同情，那才是最本质的东西"。

对爱略特来说，"同情"是一种同胞情谊，强调共同的情感体验。它不是一种居高临下的怜悯姿态，也区别于18世纪感伤主义（Sentimentalism），它侧重主体对他人感受的认同体验，或者说主体之间的情感流通。同情心是一种道德情感，它可以像视力和听觉一样为我所用，去用心观察和倾听他人的苦难，对他人的遭遇感同身受。这种同情能成为强大的社会整合力量，是维系社会和谐的重要纽带。正是通过同情，爱略特笔下的主人公获得了对自我、对他人、对社会、对自然新的认识，从而成为推动社会发展的整合力量。

爱略特的同情观主要受到人文主义宗教和科学思潮的影响。爱略特早年受过严格的宗教教育，熟读圣经，是一位虔诚的基督教徒。随后爱略特跟随父亲迁居考文垂，正是在这里她的宗教观有所转变。在考文垂，她结识了《必然哲学》（Philosophy of Necessity, 1841）的作者布雷（Charles Bray）一家和《基督教起源探究》（Inquiry Concerning the Origin of Christianity, 1838）的作者汉纳尔（Charles Hennel）一家。爱略特还先后翻译了德国哲学家施特劳斯（David Strauss）的《耶稣传》（The Life of Jesus, 1836）、斯宾诺莎（Spinoza）拉丁文的《神学政治论》（Tractatus Theologico-politicus, 1670）和《伦理学》（Ethica Ordine Geometrico Demonstrata, 1677）以及费尔巴哈（Ludwig Feuerbach）的《基督教的本质》（Essence of Christianity, 1841），这些著作既拓宽了爱略特的知识面，也有助于爱略特形成人本主义宗教观。这些著作都向爱略特揭示了传统宗教的迷惑性和欺骗性，它们普遍认为：耶稣并非上帝之子，而是人自身创造出来的人物。人们对于宗教的信仰并非为了崇拜任何超自然的力量，而是认清自己的本性，只有人类实现了对自我的认识，才能真正获得救赎。真正的宗教应该帮助人们明辨是非，获得道德的力量。斯宾诺莎在《伦理学》中还明确提到"同情"的概念："同情是为我们想象着我们同类中别的人受灾难的观念所伴随的痛苦……同情是一种爱，此种爱使人对他人的幸福感到快乐，对他人的不幸感到痛苦。"对于爱略特"人本宗教"思想的形成产生最大影响的，非费尔巴哈莫属。爱略特曾经在写给好友的信中表示，她完全赞同费尔巴哈的所有观点。作为唯物主义的代表人物，费尔巴哈将人文主义精神注入宗教，他完成了对新的以人为本的宗教建构。他认为，人创造了上帝，上帝的形象体现了人类自身对爱的向往。因此，费尔巴哈心目中的新宗教是人们对心目中理想生活状态的一种表达，"这新的宗教就是要摈弃一切超自然的东西，提倡崇尚自然，崇尚情感，用人文主义来取代上帝，用爱和同情来取代信仰"。帕里斯（Bernard Paris）对费尔巴哈的宗教观做出精准的判断，"宗教主要由爱、敬仰、同情和人对人的牺牲构成"。对于孔德的理论，爱略特非常赞同其倡导的将人类的善作为判断对错的标准，以及其提出的人类从利己主义向利他主义转变的道德进化论。爱略特在此基础上也开始重建宗教道德，去寻找一种既没有传统宗教的偏狭和迷信，又能唤醒人类高尚情感的宗教，这正是其人本主义宗教的魅力所在。在评论文章《福音派教义：卡明博士》（"Evangelical Teaching, Dr Cumming", 1855）中，爱略特指出，"上帝不仅仅与我们的同胞惺惺相惜，而且能够为我们倦怠的情感注入活力，坚定我们犹豫不决的信念。这一观念是人类同情心产生效果的延伸和加强"，也就是说，爱略特眼中的上帝是充满同情心和道德关怀的上帝,而不是高高在上的权威。

对科学的关注使得科学概念和术语频频出现于爱略特的作品中,这也成为爱略特作品的又一特色。爱略特的同情观也离不开科学思潮的影响,达尔文(Charles Darwin)的进化论和斯宾塞(Herbert Spencer)的社会进化论思想成为爱略特关注的焦点之一。达尔文承认他的进化论思想有不少是来源于查尔斯·莱尔(Charles Lyell)的《地质学原理》(*Principles of Geology*, 1830-1833)。在这部著作中,查尔斯·莱尔将生命的起源归于地球的力量所导致的逐渐的地理变化,从而摆脱了通过自然神学或灾变论(Catastrophism)来解释地质现象的常规,其均变论(Uniformitarianism)思想认为地球的表面特征是在不断缓慢变化的自然过程中形成的,地球的过去与现在有着千丝万缕的联系。斯宾塞也认为人类社会是一个不断发展进化的有机体,必然经历从低级阶段向高级阶段进化的发展过程。作为这样一个有机体组成部分的人既彼此依存,也同时依赖于整个社会环境,因此对他人和社会都负有不可推卸的责任。除此之外,爱略特也受到孔德实证主义社会理论的核心——有机论的影响,即"任何时候社会整体的各部分与其他部位紧密相连……宗教信仰、哲学、科学、艺术、工业、商业、航海、政府等都互相依靠,以致一个地方发生变化,我们就知道在其他地方相应的变化刚刚或即将发生"。所以,正是在有机论思想的影响下,爱略特在作品中多次强调"网"的意象,并"总是在寻找关系",从而表明世间万物普遍联系的观点。爱略特认为个人的命运总是和社会状况息息相关,"就像是一棵挂满了花蕾的花树,它的每一个花蕾都必须依靠大树里树液原初而不断的循环才能生存结果"。这与斯密在《道德情操论》中将社会比作棋盘具有异曲同工之妙。她还在小说《菲利克斯·霍尔特》中写道,"社会在我们面前就像一株巨大的植物,像人体一般,不同的部分彼此相连"。

爱略特的作品对"同情"的探讨比比皆是,主要体现在对利己主义的批判以及对利他主义(altruism)的提倡之上。伊格尔顿指出,"在爱略特的小说中,没有恶棍,只有利己主义者"。"爱略特道德观的基础在于对利己主义(egotism)的批判。"爱略特在作品中刻画过不少利己主义者,如《米德尔马契》中的罗莎蒙德和《菲利克斯·霍尔特》中的哈罗德。爱略特曾经这样描写过罗莎蒙德的自我主义心理:

"你的穿衣镜,或者一大块光滑的钢板,给使女擦了一遍,就会出现许多方向不一的、细小而多样的纹理,这时只要把一支点亮的蜡烛,作为发光的中心放在它的面前,瞧!那些纹理就会形成一系列同心圆圈的惊人幻象的,只是你的蜡烛,它的光构成了决定视觉变化的唯一根据……那些纹理是各种事件,那支蜡烛则是现在并不在场的某一个人的自我主义心理——比如,文西小姐的心理。"

作为一名利己主义者,她首先让利德盖特陷入情网,然后暗中反抗他的权威,只为满足自己的乐趣;她还威胁父亲,不满足她的愿望不会有好下场;为了满足跻身上流社会的野心,她怀孕期间不顾骑马的危险而导致流产。正如马图斯(Jill Matus)所言,"罗莎蒙德的自私使她无法去爱并拥有母性,因为两者都需要高度情感付出的能力"。拜尔利(Alison Byerly)指出《米德尔马契》的主题是"自我想象的表现;自我在他人眼中的表现;小说家努力限定每个人视野的自我中心"。爱略特在《米德尔马契》中将自我说成是"最麻烦的黑点",她还将利己主义思想看成是一种蒙昧,"我们大家生来处在精神的蒙昧状态,把世界当作哺育我们的至高无上的自我的乳房"。

《菲利克斯·霍尔特》中的哈罗德同样也是一位不折不扣的利己主义者。经商回国后为了成为政治上有分量的人,他标榜自己为激进派。为了选举成功他不惜重金贿赂选民,雇佣人品有问题的杰尔敏先生(Mr. Jermyn)为帮客。他追求埃斯特只是期望得到特兰姆家族的遗产。他对母亲说话既快速又不耐烦。他只喜欢感官享受,以支配他人为乐。具有狭隘同情心的哈罗德从来没有为别人着想,"他衡量事物的唯一标准取决于给自己带来愉悦的程度"。他只对"成功"情有独钟,对伦理道德,真理信念,是非曲折,亲情友谊没有任何顾忌。

在批判利己主义的同时,爱略特还极力推崇利他主义。她在《罗慕拉》中这样阐释利他主义的重要性,"全部人类情感,从最低级的直到最高级的,其本质中总归会有那么一点并不完全自私的,它像一朵小小的火苗,在我们身体里面燃烧,我们身体的其余一切,不过是它的燃料而已"。弗洛姆在《爱的艺术》(*The Art of Living*, 1956)中也指出,"爱是保存人的完整性、人的个性条件下的融合,而成熟的爱应是一种生产性的爱,一种给予,给予是潜能的最高表述,是快乐的体验,因此表达了我生命的存在"。罗素(Bertrand Russell)区分过两种人性,一种是有限的,以自我为中心的;另一种是无私,公正的。后者的"公正无私"导致了思想中的真理、行动中的正义、情感中的普遍爱。爱略特在《米德尔马契》中也指出:

"高尚的人格,慷慨的胸怀,与人为善的仁慈,这一切出现在我们面前的时候,会改变我们对世界的看法。我们的眼界重又扩大了,我们的心情重又平静了,我们相信,人们也能全面地、准确地看待和评价我们。"

《亚当·比德》中黛娜(Dinah)的人格美主要通过她的同情心来实现

的,"我们也要爱另一种美丽,这种美不在于外表神奇地匀称,而在于人们深刻的同情心"。作为卫斯理教派的传教士,她全身心地致力于传教事业,用富有感染力的语言和事例感化民众,以此使人向善,净化人们的心灵。在《两间闺房》一章中,爱略特通过对比海蒂和黛娜在闺房中的不同表现初步彰显了黛娜的人格魅力。年轻貌美的海蒂爱慕虚荣、冷酷自私,整天幻想有朝一日凭借美貌过上阔太太的生活。"她置身于虚无缥缈的奢华世界,那里有光鲜的服饰,耀眼的罗沙,松软的绸缎和优雅的天鹅绒。"她具有"狭隘的心地,狭隘的思想,除了自己的悲哀,没有余地容纳别人"。朴瑟太太(Mrs Poyser)也认为"她和孔雀并无两样,什么都无法改变她的内心"。海蒂眼中只有镜子中的自我,很少顾及别人的感受。而黛娜却将视线投向窗外的田野,她想起这个村庄的所有人,尤其是她认识并照料过的人,"她强烈地感受到爱和同情心的存在,这些爱和同情心如此深切,比那些从大地和天空得来的爱和同情心都更触人心弦"。她认识到海蒂冷漠、自私,并相信海蒂和亚当不会走向婚姻的殿堂。为了帮助海蒂,她主动找其谈话,劝她向善,却遭到拒绝。海蒂因为弑婴罪被投入监狱后,黛娜再一次来到牢房探望她,用宗教的爱和同情感化她,使海蒂坦白罪行。黛娜从而成为同情心和利他主义的典范。

与此同时,爱略特还善于刻画那些超越自我的人物,后者常常经历心理和精神上的发展和提升,从利己主义的牢笼中痛苦地挣脱出来,通过道德自省从自我走向非我。《亚当·比德》中的男主人公亚当就经历了一场情感上的历练。在小说的开头,年轻气盛的亚当缺乏对他人的理解和同情,只有在经历生活的磨难之后,他才逐渐学会设身处地为他人着想。当父亲在世时,亚当会因为父亲的喝酒误事而对父亲严词责备;当他最初得知亚瑟和海蒂调情时,他甚至用武力表达他的愤怒。但是当得知父亲溺水身亡之后,他内心充满悔恨和遗憾,正是死亡使亚当感到生命和亲情的可贵,并能够理解他人。亚当最初怀有对海蒂美好的幻想,爱上她可爱的外表,但是并不了解海蒂的真实想法,还一厢情愿地为即将到来的婚礼做着准备。只有在海蒂牢狱之灾的消息传来之后,他才意识到自己的无知。在牧师欧文的劝说下,他放弃报复亚瑟的想法,并原谅了海蒂。在审判法庭上,他感受到海蒂的痛苦,表达着自己的关心和同情。"一次巨大的痛苦就可以比得上过去数年的痛苦,我们经历过痛苦之火的洗礼之后,我们的心灵会充满着新的敬畏和同情。"从这次打击中,亚当治愈了性格中的自我缺陷,开始切身感受到他人的痛苦和无助,正如欧文牧师所说的那样,"人与人呼吸着同样的空气……人与人之间的命运也是相互交融的"。经历打击之后,亚当从一个自以为是、不成熟的年轻人成长为更具同情心和责任感的成熟青年。无怪乎马丁（Theodore Martin）对出版商提到，"《亚当·比德》在同情心的广度方面具有莎士比亚性"。

《米德尔马契》中的女主人公多萝西娅也是一位充满善意和同情心的女性，而她对同情心的理解也不断得到加强和完善。她抱着对知识的理想主义态度嫁给了牧师卡苏朋，希望帮他著书立说，但婚后得知丈夫的著作根本无法完成，同时卡苏朋的冷酷自私更使两人的婚姻蒙上一层阴影。但是当得知卡苏朋患上心脏病随时可能离开人世之时，多萝西娅还是流下了同情的眼泪，并表示为了他的健康甚至能够付出一切。这一情景让医生利德盖特也为之动容，"她似乎有一种东西，那是我以前从没在任何女人身上看到过的，这便是对人的丰富同情，这样的人是可以当作朋友的"。多萝西娅的自我成长不仅体现在婚姻关系上，还体现在对待他人的态度上。当得知利德盖特陷入布尔斯特罗德的丑闻时，她的第一反应就是为利德盖特洗脱罪名。当她看到威尔和罗莎蒙德"调情"的一幕时，她对威尔的信任被彻底摧毁，同时更加明确了自己对威尔的爱意。陷入情感危机的多萝西娅虽然感到无尽的痛苦，但是在经历一夜的挣扎之后，她打开窗户，看到了更广阔的外部世界：

"她感到世界是如此广阔，人们正在纷纷醒来，迎接劳动和苦难。她便是那不由自主的、汹涌向前生活的一部分，她不能躲在奢华的小天地里，仅仅做一个旁观者，也不能让个人的痛苦遮住自己的眼睛，看不到其他一切。"

在这个场景中，镜头从多萝西娅的房间，转向窗户，再转向田野。画面的焦点从风景转向了人，表明了多萝西娅从抽象的理想转向对具体的人的关怀，从沉溺于自我的痛苦中转向更为明确的他者意识，即对他人的同情和责任。她决定不能只沉浸在自我的情感得失上，而是应该为威尔、多萝西娅和利德盖特三人考虑。她再次找到罗莎蒙德为利德盖特洗脱罪名，弥补两人的情感裂痕，而羞愧难当的罗莎蒙德也向多萝西娅坦白了自己和威尔之间的清白。多萝西娅因此收获了爱情，罗莎蒙德也实现了与丈夫利德盖特的和解，多萝西娅和罗莎蒙德之间的误会在两人的努力下得以消除，在饱含同情和信任的拥抱中，彼此的命运汇聚到一起。可以说，正是多萝西娅的同情心挽救了三个人的命运。早在费瑟斯通的葬礼一幕中，爱略特就曾经表达过人与人之间的交叉关系，"在我们邻居的命运中引起重大变化的事件，对我们自己的命运只是一种背景，然而它们像田野和树林的某一特定侧面，也会与我们经历中的一些时期发生联系，在我们最敏感的意识中留下痕迹，成为回忆的一个组成部分"。埃尔马斯（Elizabeth D. Ermarth）指出，"清晰的自我定义取决于和他人的接触……'我'依赖于和'你'的互动"。泰勒在《自我的根源》中论及自我时也表示,"一个人只有在其他自我之中才是自我……自我之存在于我所称的对话网络中"(48-50)。婚后的多萝西娅虽然只是一名贤妻良母,并没有做出如特蕾莎修女(St. Theresa)那样惊天动地的英雄事迹,但是她平凡的善行和同情心还在不断地影响着他人:

"她对她周围人的影响,依然不绝如缕,未可等闲视之,因为世上善的增长,一部分也依赖与那些微不足道的行为,而你我的遭遇之所以不致如此悲惨,一半也得力于那些不求闻达,忠诚地度过一生,然后安息在无人凭吊的坟墓中的人们。"

穆勒认为,同情心是构成个人幸福的首要因素,并且这种同情心是可以传染的。在《功利主义》(*Utilitarianism*, 1863)一书中,他写道,"由于同情心的接触传染和教育的广泛影响,这种感情的最弱小的萌芽也会被人发掘出来予以精心培养;同时,由于各种外在约束力的强大作用,这种感情还获得了一张完备的围绕着自己的支持性关联网络"。他还在自传中表示,"我相信只有当人们的思维方式的基本构成发生改变或者他们的信仰基础(不管是宗教的还只是人类的)得到改进时,人类命运才能得到巨大改善"。爱略特在1873年11月拜读过穆勒的传记。所以,两人对道德完善的重要性和社会改良的愿望是相通的。"爱略特对未来的希望在于通过不断培育友爱和同情心以及世界事件带来的缓慢教化改善人性,而不是通过立法的手段。"爱略特认为利己主义已经成为社会的毒瘤,所以她极力主张打破以自我为中心的生活,倡导利他主义。她主张改良社会的最佳策略不是激进的社会革命,而是来自每个人不断增长的同情心,从而使生活在其中的人们能够和谐相处,促进社会的良性发展。

综上所述,爱略特的同情观受人文主义宗教和科学思潮的影响,在她看来,同情心是对他人的苦难、艰辛和懦弱的感受能力,它意味着摆脱狭隘的利己主义,对他人的遭遇表示理解和包容,是一种超越自我的情感。同时,同情心这种道德情感的培育是为了获得同胞情感的认同和支持,实现友爱和平的相处方式,并最终成为民族特性的一部分。

第二节　神圣的责任

维多利亚时代的英国人际关系淡漠,缺乏责任观念,狄更斯(Charles Dickens)的《荒凉山庄》(*Bleak House*, 1852)中喜欢"欠债"的斯金波(Skimpole)就是一个极端的例子,他说:"我是世界上最不能负责任的人。

我这一辈子就没负过责任，也不可能负责任"；"责任是我永远不能了解或者不屑了解的东西。"恩格斯也感叹道，"人类分散成各个分子……这种一盘散沙的世界在这里是发展到顶点了"。

提倡责任观念成为不少人关注的话题，斯迈尔斯在《人生的职责》（*Duty*, 1880）一书中称"我们这代人的任务是教育和宣传义务与责任"。当代义务论的著名代表罗斯（Ross）列举过六种"显见义务"（prima facie duties），分别是：诚实、守诺与偿还；感恩的回报；公正；行善助人；发展自己；不伤害他人。对义务的敬重心揭示了人的两重性：人既是感性的，也是理性的。一方面受着自然的因果律支配，不由自主；另一方面又能够自身开创一个体系，自我立法。所以，敬重义务就是敬重法则。

作为当时英国的道德大师，爱略特也格外强调以责任为核心的道德观。在探讨促使人向善的三种力量时，爱略特曾表示："上帝，灵魂不朽，及责任，……第一项令人无法想象，第二项令人难以置信，第三项的召唤是绝对的、不可违抗的。"对爱略特来说，责任具有比上帝还要崇高的神圣性。爱略特在这里所强调的责任是以对他人或社会应尽的义务为表现形式的，责任无处不在，它包括对上帝的责任，对家庭的责任，对国家的责任。正如威利（Willey）所言，爱略特"从福音派开始，运动的弧标从对耶稣的疑惑到重新阐释，然后到人文宗教：始于上帝，终于职责"。爱略特在《珍妮特的悔过》中也强调责任在自我和社会完善方面起到的积极作用，"责任的观念，认为活着不能仅仅为着自我的满足，还要为着某种更有价值的东西，它之于道德生命就如强大的中枢神经之于动物的生命"（320）。

在《米德尔马契》第八十章的卷首语中，爱略特还引用华兹华斯的《责任颂》，将责任视为立法者和维系社会的主要力量。

"你是严峻的立法者
然而你与上帝一样宽厚仁慈。
世上一切美好的事物，
都不如你的笑容可亲。
鲜花在你面前盛开，
清香在周围缭绕。
你使星辰保持正常运行，
你也使天道万古长青，永不衰老。"

立法者指责任，责任来自良心，是人的行为，应对人起制约作用。

爱略特的小说不乏具有责任感的人物，同时爱略特非常善于刻画在矛盾和痛苦中选择责任的那些人物，他们的选择中蕴含着爱略特本人对"英国性"的思考，从而证明"在极为实际的生存问题上，道德准则对于一个国家的作用是不可估量的"。

《弗洛斯河上的磨坊》中麦琪的选择就体现出责任在自我成长中的重要作用，因为麦琪正是在经过一番激情与责任的挣扎之后，最终选择责任来实现自我成长。麦琪是一位热情、善良、聪明、好学的姑娘，她对生活充满激情和美好的幻想，她天性中渴望爱和理解，特别是对哥哥汤姆的依赖。由于自己的个性与众不同，麦琪经常受到家人嘲笑，但是她并不以为意，还极力反抗。小说的前半部分主要描绘麦琪"伊甸园"般的童年生活，但是在后半部分，随着父亲的破产，她的生活发生了翻天覆地的变化，激情与责任之间的冲突由此拉开序幕。麦琪的父亲杜黎弗先生输了河水官司，导致破产，从而与帮对手打官司的威铿律师结仇。父辈之间的恩怨也影响到下一代，虽然汤姆与律师之子腓力浦是同学，但是两人之间并无好感。在父亲去世之后，汤姆对威铿一家的仇恨更是与日俱增。家道中落的麦琪空有一腔对家人的热爱却由于女性的局限无法扭转家庭的颓势，早先快乐的生活变得孤苦寂寞。她在红洼地（Red Deeps）解闷时偶遇腓力浦，其实两人早在汤姆读书时就有过交往，共同的爱好和话题使两人成为朋友，而在红洼地的再次相遇更使腓力浦心里埋下爱情的种子。麦琪不顾家庭阻力偷偷和腓力浦见面，给她这段孤寂的生活增添了一丝亮色。当略有残疾的腓力浦向她表白爱意时，她也默认了两人的感情。这种爱是平静温柔的，有不少牺牲和奉献的意味。她同情腓力浦的残疾，珍惜和他童年时的美好回忆，对他的帮助也怀着感恩的心情，同时还有对他朦胧的好感。总之，这份爱并非纯粹的男女之情：

"腓力浦打动她的更多是矜悯之情和女性的奉献精神，而不是虚荣或天性里其他的个人激动。这一事实现在似乎成为一片圣地，一个她可以寻求庇护的避难所，她可以往那里逃逸，去躲避她的良知必须抗拒的一种令人陶醉的影响，一种必然会引起她内在的可怕骚乱和外在的不幸的影响。"

当两人的约会被哥哥汤姆发现之后，两家的仇恨和哥哥的极力反对更使麦琪陷入两难的境地。为了亲情，她不得不压抑这份复杂的情感。直至遇到表妹露西的未婚夫斯蒂芬，麦琪才真正感受到相互吸引的爱的激情。斯蒂芬是当地首富的儿子，他英俊潇洒，虽然他与露西的恋情众人皆知，但是在遇到黑头发、黑眼睛的麦琪时还是立刻被她吸引，并爱上了她，而麦琪也第一次感受到爱的激情和浪漫。麦琪再次陷入到个人伦理与社会伦理的矛盾之中，到底是承担自己的社会责任，听从理性的召唤，还是追随激情，实现个人幸福呢？选择腓力浦意味着违背家族的利益，断送亲情，特别是兄妹之情；选择斯蒂芬又意味着背叛露西和社会道德，会使露西痛苦,也会让自己受到良心的谴责。可见,"激情与责任之间的关系变化多端,是个大难题,即使能理解它的人要确切地认识它也很困难"。当两人外出划船,由于疏忽错过上岸的码头彻夜未归时,麦琪梦到了哥哥、腓力浦和露西,她又一次意识到所犯下的罪过:

"在爱情和苦难的年月里,心中曾孕育着对别人痛苦的深切同情,现在到哪儿去了呢?使生活变得神圣的高于个人享乐的崇高想法到哪儿去了呢?她贪图人生的乐趣而扼杀信心和同情,就像贪图散步的乐趣而损伤自己的脚一样荒谬,因为信心和同情是她灵魂中最崇高的东西。"

她认为自己背信弃义,残酷自私,破坏了使责任具有意义的人情纽带,所以她拒绝了斯蒂芬提出的两人私奔的要求。麦琪心中渴望情感和完全的善,她对斯蒂芬表示,"我们对别人有着义务,必须摆脱一切背弃义务的想法……如果我们的往昔不能约束我们,义务又处于什么地位呢?我们就会除了一时的冲动之外再也没有了准则"。在责任的召唤下,麦琪选择回家去,那里是她的忧患与考验的地方、她心灵渴求的避风港、保留神圣遗物的避难所。麦琪决定在爱情上遵守道德原则,决定以责任为重,放弃与斯蒂芬的爱情。小说的结尾处,大洪水来临之际,前来挽救哥哥的麦琪不幸和他一起被洪水吞没,他们拥抱着沉入水底,实现了兄妹之间的和解。斯迈尔斯表示,"职责就是自我牺牲"。麦琪在处理爱情问题上就具有奉献精神和自我牺牲精神。她选择的责任使其最终甚至付出生命代价,但那是一种崇高的行为,它挽救了自我,也再次收获了亲情和友谊。爱略特借小说人物之口表示,"目前的一切都有一种使这种人际纽带松弛的倾向:只想为所欲为,不愿坚持义务,而其根子却在过去"。在维多利亚时代,当许多作家都在大声疾呼"人的权利"、鼓吹个人奋斗时,爱略特却在思考人的义务,赞美那些勇于承担责任的主人公。麦琪正是以对爱情的自我克制,对亲友的道德责任感,明确了忠诚和义务的重要性。

《罗慕拉》中的女主人公罗慕拉在经历了丧父、丈夫的背叛以及信仰的失落之后,曾经两次出走,以此逃避现实,但是最终她还是选择回归佛罗伦萨,承担起照顾丈夫遗孀和子女的责任。她意识到:

"一切亲近的关系,尤其是最亲近的关系,它所具有的神圣性,就是人类一切的善和高尚必须自发追求的结果在外在法律中的体现。轻率地抛弃某种纽带的约束,不管是遗传的还是自愿的纽带,只是因为它们不再让人快乐,那就是将社会和个人的德行连根拔掉。"

责任不仅意味着对家人和城市负责,还意味着对民族的担当。爱略特最后一部小说《丹尼尔·德隆达》中的犹太主题很大程度上也与犹太文化中的责任伦理有关。正如小说中的犹太少女米拉(Mirah)所言,"我会永远和我们族群在一起，一起和他们参加祷告"。主人公德隆达也从具有丰沛同情心的人成长为承担民族责任的人。爱略特认为，同情心这种推己及人的道德力量不能过度泛滥，而责任感正是同情心得以依附的最高形式。德隆达近乎完美，他既有女性热情细腻的情感，又具有男性的独立和判断力，这与伍尔夫提出的"双性同体"（androgyny）观不谋而合。但是，小说伊始，德隆达不明自己的身份，也不知如何融入英国社会，这种不确定感和漂泊感体现在德隆达钟情于泰晤士河上漂流的习惯，"在半思索、在半不自主的状态下他与观察到的事物融为一体，思考着还需要多久他才能习惯于隐匿自我直至与景致合二为一，在这种情况下，他正在忘却其他一切事物"。德隆达的移情能力达到顶点，这种天人合一的豁达境界却削弱了自己对某种事业的专注。无法选择职业的原因之一也在于其同情心的多面性（many-sided sympathy），是一种"同情病"。

"他早期苏醒的情感和反思性已经演变为多面的同情心，它阻止任何持久的行动……他的想象力已经将自身卷入了实事求是的习惯，任何强硬的党派偏见，除非是针对眼前的压迫，已经成了一种伪善。他丰富灵活的同情已经融入一个洪流，带有将同情中立化的反思性分析……过于内省和发散性的同情使他在对不公的愤怒面前无能为力，而同胞情谊的选择性（selectness of fellowship）才是道德力量的条件。"

也就是说，德隆达对所有事物的认识都采取不偏不倚的公正态度，他能够看到事情的两面性，但是这也容易导致人云亦云，失去观点和立场。而他的这种过度体贴的行为甚至给朋友留下了道德怪癖（moral eccentricities）的印象。小说伊始，德隆达就表现出极强的同情心和正义感，在德国的赌场，他注意到年轻貌美的英国女子格温德琳凭借着运气从赢到输的过程。为了得到回国的费用，格温德琳甚至典当了父亲留下的项链，而德隆达暗中赎回项链并将其归还给格温德琳。在格温德琳的婚姻陷入不幸时，他还积极规劝格温德琳如何摆脱自我主义的束缚，实现救赎。德隆达为格温德琳开出的药方是"看一看其他人的生活，了解他们的麻烦以及他们是如何承受的。努力去关心这个广阔世界而不是仅仅满足渺小的一己私欲，努力去关注最好的思想和行为，一些与你个人命运无关的善事"。可见，德隆达一直在提醒格温德琳放弃狭隘的自我，带着同情心关注他人的命运。道德高尚的德隆达也因此成为格温德琳的救命稻草和精神导师。但是，此时空有一腔同情之心的德隆达却也处于人生的彷徨时期，如何寻找到具体的事业正是他的纠结所在。在泰晤士河上泛舟之时，他挽救了犹太女子米拉，并结识犹太先知、米拉的哥哥莫德凯。在帮米拉寻找亲人的同时，他逐渐对犹太文化和犹太教产生兴趣，并开始同情犹太人多舛的命运。所以，在得知自己的犹太身份之时，他毅然决然地选择去巴勒斯坦寻根，试图实现民族复兴的大业，从而使自己成为"社会生活的有机组成部分，而不是如同充满渴望却无所依靠的幽灵在其中游荡"，使多面的同情转变成对同胞的责任。小说的结局使同情格温德琳的批评家詹姆斯等人不禁感到失望，在他们看来，德隆达的离开意味着放弃了格温德琳，是小说最大的败笔。但是，爱略特似乎想要表明的是，与拯救个人命运相比，关注本民族的整体，保存民族之根，最终实现同胞情谊更有意义。德隆达明确表示他的第一责任对象是他的同胞，并将改善同胞的生活视为自己的职业。正是对责任的坚守使得德隆达对未来不再迷茫，而是信心百倍地投入到神圣的民族复兴任务中去。

麦金太尔（Alasdair Macintyre）认为道德必须落实到具体的群体："我从我的家庭、我的城邦、我的部落、我的民族的过去继承了多种多样的债务、遗产、正当的期望与义务。这些构成了我的生活的既定部分、我的道德起点。这在一定程度上赋予我的生活以其自身的道德特殊性。"而责任正是连接这些群体的纽带，它是信念的支柱和力量的来源，它能使个人成为社会之网的一个结点、一股细绳。爱略特正是在这些勇于承担责任的人物身上，真正寄托了对未来的期望。

第三节 正义与正直

柏拉图认为，人的四大美德分别是谨慎与智慧、勇气坚贞和刚毅、克制斟酌和自我控制、正义和正直。亚里士多德将公正看作所有的德行之首。康德更是指出，"如果公正和正义沉沦，那么人类就再也不值得在这个世界上生活了"。爱略特对"自我"的塑造也离不开对正义和正直的推崇。爱略特的正义观并不是聚焦在社会制度层面，而是个人的道德层面。她特别强调个人情感和良知的作用。她认为正义意味着能客观公正地看待事物，坚守良知并拥有诚实的美德。

爱略特在小说中刻画过不少被人误解，得不到公正待遇的人物。《弗洛斯河上的磨坊》中的麦琪因为外出划船彻夜未归，从而饱受流言的折磨，得不到公正的评价。麦琪回来后第一次出门就感受到对她投来的异样眼光，没有人主动跟她讲话，"惩罚可能来自任何一种声音。街角最凶残、狠毒、暴戾的顽童都可以施加于她。帮助和体恤肯定是稀罕的东西，更需要正直的人来赐予"。了解真相，相信麦琪的肯恩牧师决定帮助她，让她来家中工作，但是这一善举引发教民更加无理的猜测，也迫使牧师无法为麦琪洗脱罪名，给予麦琪公正的对待。织工马南在来拉维罗之前，是一位虔诚的教徒，他诚实淳朴，但毫无主见、犹豫不决。他的好友背叛他，和他的未婚妻有了私情。为了赶走马南，不暴露奸情，他的好友利用人们的迷信心理，将患癫痫症昏厥的马南说成是魔鬼附身，还诬陷他偷盗教会钱财。痛苦无助的马南立刻陷入危机之中。应该主持公正的教会并没有查清事实真相，还马南清白，而是草率地通过抽签的方式决定马南是否有罪。抽签的结果判定马南有罪，这一侮辱使他失望之极，他愤慨地表示，"根本就没有公正的上帝来管理人间，只有一个说谎的上帝，虚造罪证，陷害清白无辜的人"。在宗教迫害下，马南万念俱灰地离开家乡。

爱略特对正义感的呼唤主要建立在对法律伦理、工作伦理和医学伦理的探索之上，具体体现在对埃斯特、高思一家、利德盖特和马南等人物的刻画上，这些人物通过诚实正直的人格努力接近事实真相，展现出独特的人格魅力和道德力量。

首先，从法律的公正性谈起。维多利亚时代中期见证了英国巨大的司法改革，比如刑事案件的审判程序、民法和衡平法案（Equity）的关系等方面。当时的文学家也将法律和良知的关系问题纳入到对正义感的讨论之中。狄更斯大多从外部观察人类行为，描绘犯罪事实而忽视了叙事中的心理维度，而爱略特更聚焦于意图中的道德价值。对爱略特来说，法律正义与诗性正义（poetic justice）是重合的，因为两者都推崇清白、自我牺牲和同情。"爱略特通过考察国民良知来对英国维多利亚时代传统和体制的重组做出回应"。在《诗性正义：文学想象与公共生活》（*Poetic Justice: Literary Imagination and Public Life*，1995）一书中，努斯鲍姆将文学想象和诗歌理解中的人类情感运用于司法审判，认为一个优秀的裁判若要达到"完全的理性"，"必须同样有能力进行畅想和同情"，"他们不仅仅必须培养技术能力，而且也应该培养包容人性的能力"，如果缺少这种能力，"他们的公正就将是迟钝的，他们的正义就将是盲目的"。努斯鲍姆通过分析文学作品中的人物情感以及读者的情感反应，说明人类的情感在公共生活中有着重要作用，进而指出，在司法审判中，法官和陪审团在进行法律判决时需要全面调动自己的同情，体会诉讼双方的立场，从而做出公允的评判。

《菲利克斯·霍尔特》中的主要情节围绕复杂的遗产展开，这也是爱略特小说中对法律最为关注的一部。小说的高潮之一是霍尔特接受法庭审判的场景。议会选举之时，选民在酒精的作用下涌向大街，形成暴民，几乎要引起骚乱。为了稳定形势，霍尔特挺身而出，极力将暴民引向地势空旷的郊区，并试图避免警民之间的冲突。为了使警察免受暴民的伤害，他将一名警察打昏在地（不幸身亡），还将另一位警察捆绑起来。但是，霍尔特并没能扭转局势，还因袭警和谋杀罪锒铛入狱，面临被流放的惩罚。表面上看，霍尔特作为暴民的领袖人物参与了暴动，并激化警民矛盾，还犯下谋杀罪，是彻头彻尾的激进分子。但事实上，他怀着高度的责任感竭力逆转当时混乱的局面，只可惜他的美好意图以失败告终。霍尔特是否得到公正的审判成为小说的关键。在此，小说的女主人公埃斯特发挥着重要作用。埃斯特原本只是一位充满浪漫幻想、不谙世事的姑娘，整天沉浸在对拜伦诗歌的膜拜中，霍尔特认为她自私、狭隘，缺乏同情心和正义感。她的生活和思想只是一堆碎片，需要伟大的能量才能粘在一起。"她代表了一种虚伪的文化，融合了上流社会的文雅和拜伦式的厌世。"但在正直、善良的霍尔特的感染下，埃斯特竭力摆脱自己的白日梦和个人乌托邦，将视线转向对他人命运的关切，并唤醒了她的正义感。在法庭审判之时，她不顾女性不宜抛头露面的陋习，勇敢地走上证人席，为霍尔特辩护。她提供了霍尔特参与暴动之前的行为和心态的关键证据来证实霍尔特的清白并表明他高尚的动机。她的证词颠覆了只是陈述事实的死板的法律程序。埃斯特的真诚和勇敢感染了整个法庭以及霍尔特。"仿佛一阵震颤，如同闪电一般穿透法庭，震撼了本来无动于衷的霍尔特。他的脸上闪现出一丝光亮，靠近他的所有人都能看到他搭在被告席的手在瑟瑟发抖。"她的父亲也感到惊讶和钦佩，德博里爵士（Sir Debarry）甚至因此流下眼泪。埃斯特的道德感召力战胜了冷冰冰的法庭审判，她证词的力量也显而易见，"所有最好的托利党家族向伦敦上诉为该地区最危险的激进派免罪"。虽然霍尔特没能摆脱法律的制裁，但是埃斯特正直的道德力量还是影响了审判，使霍尔特获得减刑，而免于流放。在爱略特看来，法律的公正不能仅仅体现在外在事实的举证上，还应该考虑情感因素，分析罪犯的道德动机才是公正审判的关键。

"新教工作伦理"（Protestant Work Ethic）是韦伯于二十世纪初编撰的词语，它成为英国工业化和商业精神的主要因素之一。韦伯指出，"职业"（calling）是新教信仰的核心观念之一，与"神召""责任""生意"都是密不可分的，这种精神推崇"工作是生命，激情是死亡"的观念。维多利亚时代的英国民众也高度重视由勤奋和美德而取得的成功。"除了上帝，维多利亚人的词汇中最流行的词汇肯定是工作。"卡莱尔也提出用"工作伦理"对抗当时人与人之间的"现金联结"。爱略特成长在一个将工作视为美德的家庭，她自己也赞同自助、勤奋的工作伦理。"对工作的无限动力是爱略特生活和个性的显著特征。"在爱略特的工作伦理中，除了勤奋、自助之外，最重要的一点就是诚实正直，对良知的坚守和对正义的推崇。高思一家是爱略特工作伦理的最佳代言人。虽然高恩一家人并不富裕，但是每个人都积极工作、自食其力，实现自身的价值。高思先生是爱略特以其父亲为原型精心打造的人物，是小说中的正面人物之一。"他早年的抱负就是尽一切可能，在这宏伟的劳动中贡献自己的力量，而这宏伟的劳动也就是他特别尊重的、被称之为'工作'的东西。"在工作方面，他还体现出诚实、正直的品质。"代表了宗教信仰与经济实践的一流融合"的布尔斯特罗德（Bulstrode）在费瑟斯通去世之后，从费氏的私生子手中买下斯通大院，希望在此安度晚年，所以他特意找来高思先生为他管理田产事宜。作为一名外乡人，布氏内心深处隐藏着一个惊人的秘密。早年间，为了侵吞妻子的财产，他隐瞒了妻子女儿健在的事实，这个秘密只有无赖拉斐尔斯（Raffles）知晓。当年布氏用大笔金钱使拉斐尔斯保守秘密，谁知多年后，由于机缘巧合，两人再次相遇，使得曾经的秘密具有了被公开的可能。在一次酒醉中，前来敲诈布氏的拉斐尔斯在神志不清的情况下，向帮助他的高思先生透露了布氏的丑闻，让高思先生了解到布氏不光彩的过去。正直无私的高思先生不愿受到良心的折磨，所以他断然拒绝继续在布氏手下帮忙的要求，让他另外物色代理人。与此同时，他也表示出对布氏的同情，"一个人可以犯错误，但是他的意志能超越这些污点，尽管他无法使他的生活恢复清白。那是一种严厉的惩罚"。他还保证不会落井下石，通过揭露别人的隐私传播流言蜚语。高思先生实现了自己的诺言，对妻子也只是说和布氏有一些分歧而放弃租赁斯通大院的设想。高思先生的女儿玛丽也具有诚实正直的人格魅力。玛丽在费瑟斯通家担任管家助理。虽然她受尽费瑟斯通的坏脾气和其家人的蔑视，但她还是尽心尽力地服侍费瑟斯通。费瑟斯通是当地有名的财主，由于他病魔缠身，又没有子嗣，所以他的大笔遗产成为众多亲戚虎视眈眈的对象。费瑟斯通早就看穿他们的丑恶嘴脸，所以故意设立两份遗嘱来戏弄他们。在行将就木之际，他决定偷偷销毁一份，所以找来玛丽帮忙。但是为了避免他人的怀疑，也为了自己的良知，玛丽坚决不从，"凡是会引起对我的怀疑的事，我都不能干……我不能让你生命的终点玷污我生命的起点"。为了公平和公正，她希望必须有律师和家人在场，才能执行他的意愿。费瑟斯通还指望用金钱达到目的，但玛丽并没有动摇，仍然坚持自己的立场。愤怒、狡猾的老人没能实现自己的愿望，带着"遗憾"离开人世。弗莱德是费瑟斯通的侄子，与玛丽青梅竹马。费瑟斯通在第一份遗嘱中留给弗莱德一万英镑的遗产，在第二份中他取消了一切，而费瑟斯通试图销毁的遗嘱正是第二份。从一定程度上讲，由于玛丽的正直，弗莱德失去了获得遗产的机会。但是，最终两人终成眷属，玛丽高尚的人格魅力感化了弗莱德，使他脚踏实地工作，成为农业专家。可见，勤奋工作、尽职尽责是工作伦理的重要组成部分。但是，对爱略特来说，坚持公平和正义，不受良心的折磨才是工作伦理的核心。

同时，爱略特还在《米德尔马契》中探讨了医学伦理中的正义主题。早在古希腊时期，《希波克拉底誓言》这部被称为医学职业道德的圣典就已专门向医学界发出了行业道德的倡议，并提出从医人员所必须遵守的"不伤害、患者利益至上、保密、尊重同道"等医学伦理戒律。19世纪的英国在工业化和科技发展的助推下，现代医学伦理学得到了进一步发展。英国医生帕茨瓦尔（Thomas Percival）在19世纪初出版了《医学伦理学：或适应于外科医生和内科医生的执业行为的机构准则和箴言》（*Medical Ethics, or a Code of Institutes and Precepts, Adapted to the Professional Conduct of Physicians and Surgeons*）一书，首次提出"医学伦理学"（medical ethics）这个概念，并奠定了现代医学伦理学的基础。他详细列出医学从业人员应当遵守的道德行为规范。在创作该小说时，爱略特阅读了大量有关医学的材料和书籍，并且做了详细的笔记。爱略特曾在日记中写道，"今天早上，我刚写完了《米德尔马契》的第一章，正在阅读勒努阿尔（Rénouard）的《医学史》"，"除了阅读医学方面的书籍，上周我没有什么进展"。虽然没有证据直接表明爱略特阅读过帕茨瓦尔的《医学伦理学》，但是两人都对医学伦理进行过思考，而利德盖特这一形象的塑造也表达出爱略特对医学伦理中正义感的强调。利德盖特是新医生的代表，他曾经在巴黎求学，接受过最先进和最专业的医学教育。他不仅医术高明，同时还具有高尚的医德。他选择做医生的主要动机之一就是通过医疗改革实现社会正义。布里格斯（Asa Briggs）指出，"该小说比19世纪任何一部小说更能揭示医疗改革的重要性……利德盖特具有二十年代的头脑，却有一颗六十年代的心"。而医药市场就成为他进行医疗改革、实现社会正义的场所。医生依靠给病人大量开药谋取回扣，市场上充斥着大量无用的药品，江湖庸医也伺机兜售有害无益的偏方，同时一些不明真相的群众也容易被误导，盲目听信江湖庸医的花言巧语，使大量无用的药品更加流行。波特（Roy Porter）就辛辣地讽刺过维多利亚时期医生开业所遵循的是商品经济社会中的"供求关系原则"，而不是医生的职业道德。爱略特在《米德尔马契》中也写道："由于开业行医主要是给病人开许多药，公众自然认为，药开得越多越好，只要它们的价钱便宜，以致大量吞服不够资格医生胡乱开出的丸药也就不足为奇。"可见，维多利亚时期医药市场十分混乱，医生、药剂师、江湖庸医为了盈利不惜出售各种无用甚至有害的药品，完全忽略医者不伤害、病人至上的伦理原则。而利德盖特却坚持医药分离，他只给病人看病，但不出售药品的做法体现了他良好的医德，特别是正直的品质，同时他做事认真，对待病人热情周到。但是这也招致同行的妒忌和陷害，不明真相的小镇人甚至称他为江湖骗子。当小镇人们一致认为利德盖特接受了布尔斯特罗德的贿赂，才导致病人拉弗尔斯离世时，向往绝对正义的多萝西娅并没有人云亦云，她不相信利德盖特会干出这么卑鄙的事情，还表示要查清真相，为他恢复名誉。但是名声受损的利德盖特还是不得不含冤离开小镇。所以，坚持正义并不是一件轻而易举的事情。《米德尔马契》虽然讲述的是一百多年的故事，但是其中的医学伦理问题却具有普遍性，爱略特对医生的职业道德，特别是对正义感的强调永远不会过时。

爱略特认为"一个人应该有热烈的信念，敢于伸张正义为仁慈尽心竭力，依靠这些情感的力量战胜一切"。爱略特通过对法律伦理、工作伦理和医学伦理的探讨向世人表明正义和正直是一种美德，更是建构"最佳自我"的重要手段之一。

本章结语

艾迪森和斯蒂尔（Joseph Addison and Richard Steele）早在18世纪就指出，与品位相关的行为，包括社交、同情和诚实，能形成新的美德的基础，通过提升礼仪为国民利益服务，还能增强英国与世界各地的贸易往来。文学能培养同情心和想象力，加强道德感受力并能拓宽道德视野。国内学者聂珍钊也指出，"作家的创作自由、艺术主张需要服从社会责任，……而这种责任在创作和批评中具体体现为对一个民族、国家普遍的认同和接受的伦理道德价值的尊重"。"民族身份问题与赞美英国文学中独特的道德属性有着更直接的联系。"爱略特正是试图通过文学的形式，倡导同情、责任、正义感来重塑"自我"，从而提升国民品位，以期实现道德救世的目的。爱略特认为，同情心是对他人的苦难、艰辛和懦弱的感受能力，它意味着摆脱狭隘的利己主义，对他人的遭遇表示理解和包容。而当个人伦理与社会伦理发生冲突之时，爱略特则选择了对责任的坚守，责任意味着忠实于家庭、民族和国家。此外，爱略特对正义感的强调体现在法律伦理、工作伦理、医学伦理三个方面。正义意味着客观公正地看待事物，坚守良知并拥有诚实的美德。

第四章　爱略特对共同体文化的建构

据威廉斯考证，共同体（community）一词在14世纪就已经存在，它源于拉丁文"communis"，有"普遍，共同"的意思。19世纪的德国社会学家滕尼斯最早将其作为一个学术术语加以研究，他把人类的群体生活划分为两种，分别是共同体和社会，前者可以理解成"一种生机勃勃的有机体，而社会被理解为一种机械的聚合和人工制品"。

自19世纪以来，英国逐渐形成了对共同体语境建设的关注。一批思想家从各自的角度出来，描绘出一幅幅理想的共同体图景，营造了一个共同体的语境，并逐渐形成了一个强大的文化传统。从伯克（Edmund Burke）的"有机社会"、柯勒律治（Samuel Coleridge）的"知识阶层"、卡莱尔的"精神贵族"、阿诺德的"异己分子"到利维斯的"有机共同体"以及威廉斯的"共同文化"，这些都是上述传统的延伸。

爱略特对"英国性"的建构也离不开她的共同体意识。她的共同体意识分别来自其乡土意识、女性意识和他者意识，具体体现在对乡村的眷恋，对女性使命的强调以及对他者的关怀。爱略特对乡村的眷念表现为对乡土的珍视。爱略特的乡土意识也是一种扎根意识和对故乡的深情，从而使异化的英国民众重新寻找到灵魂的栖息之所。爱略特对女性的刻画，并不是为了突出两性对抗，而是通过强调女性在家庭空间的责任以及在公共领域的职责来建构一个充满女性温情和家庭温暖的社会。同时，爱略特并没有把目光局限在英国本土，她还通过聚焦他者，打破对他者的刻板印象，建构一个开放和多元化的英国。所以，爱略特的共同体意识早已摆脱狭隘的对逝去乡村生活的留恋，而是将眼光投入到更加广阔的天地，以期建立一个更具有凝聚力和开放的英国。

第一节　乡土的滋养

欧文（Washington Irving）在《见闻札记》（*The Sketch Book*，1819）中写道，"异乡人若想要对英国人的性格形成正确的看法，切不可将他的观察拘泥于大城市。他必须深入乡村，逗留于村庄与农舍"。他多次歌颂英国的田园之美，并将其与"英国性"相联系。他分析了英国岛多，地势平坦的地理特点，而非雄伟壮丽的景致，并认为这种田园风光体现了英国民族的精神风貌，即井然的秩序，宁静的环境，公认的简朴原则，古老可敬的风俗习惯。威廉斯在《乡村与城市》中也指出，"英国人对乡村的态度，以及对乡村生活的态度，却一直不变，其韧性不同凡响"。

纵观整个英国文学史，英国的诗人和小说家无一不着墨于乡村。在诗歌领域有斯宾塞、弥尔顿、华兹华斯，在小说领域则有奥斯丁、哈代、劳伦斯等。所以，英国文学中的乡村早已超过了物质的存在，传递着这个民族特有的文化气息。乡村意象也被逐渐固化，形成英国文学的母题。在他们心中，乡村早已像英伦之魂的栖居之所一样神圣、高贵而永恒。

维多利亚时代也出现过不少描写乡村的文学作品，这些作品都有回归"古老英格兰"的倾向以此对抗工业文明。但是爱略特书写中部英格兰的乡村并不是要虚构一个与现代社会相对的世外桃源，而是有意突出乡村变革，虽然不无伤感，却也充满着对未来的期待——是用一种积极的态度为建构"英国性"寻找策略。正如利维斯所言，"对旧社会的怀念，必须主要地促进走向一个新秩序"。

爱略特笔下的乡村具有浓厚的乡土气息，她特别强调人对故乡的深情、故乡对人的意义，这不仅仅是一种保守的生活态度，更多的是反映了一种"共同体意识"（a sense of community）。乡土滋养出的共同体情感，通常是一种亲切的归属感。乡村不仅是一种空间的存在和怀旧的场所，还蕴含着一种乡土意识以及对家乡的依恋。社会学家滕尼斯认为乡村共同体的生活会作用于人的情感和心灵，能够补充血缘关系，既能联结同代人，还能把今人和古人、后人联系起来，从而使人们不再孤立。乡土滋养着人的灵魂，保持着自我及民族精神的延续。

杰维斯（David Gervis）在《文学英格兰：现代作品中"英国性"的不同版本》（*Literary Englands: Versions of Englishness in Modern Writing*, 1993）中认为，作为华兹华斯的追随者爱略特将深植于作者自己经历的故事与具有高度文学性的"英国性"相结合，她笔下的乡村生活"既甜美香醇又具体而微妙"。爱略特出生于英格兰中部的沃里克郡（Warwickshire），父亲是农场经理人，她从小就浸润了英国乡村的风土人情。在伦敦居住长达三十余年的爱略特从来没有失去对乡村生活的向往。正如利维斯所言，"伟大的爱略特是个写回忆的小说家：她取材于对童年和少年时代的记忆，描绘个人经历的酸甜苦辣，以柔美之笔，向我们展现她年少时代的英格兰，以及当时仍然存活于家庭传统中的以往岁月的英格兰"。詹姆斯在

《英国风情》(English Hours, 1905)一书中写道,一个外邦人最好在沃里克郡待上一段时间才能了解一点英国风情,因为那里是"十足的英格兰;整个英格兰世界的中心就在沃里克郡"。"对爱略特来说,'英国性'本质上就是中部英格兰"。中部英格兰的风景滋养了爱略特的想象力和乡情,并承载着她对"英国性"的思考。乡村风景是"民族形象的一部分,也是维系一个民族思想、记忆、情感交集的一部分"。爱略特在《米德尔马契》中就详尽地描述过英格兰中部的美景:

"要经过一片风景如画的中部平原,那里一眼望去几乎尽是一块块草地和牧场,栽成树篱的灌木仍充满生机,准备为飞鸟开放茂盛的花果。一些细小的事物赋予了每块田野独特的面貌,使从小看惯他们的眼睛显得格外亲切。……农家的房顶和草垛攒聚在一起,看不到一条通行的道路,灰色的大门和篱笆一直延伸到边缘的密林深处。一些零星的茅屋,顶上铺着陈旧的茅草,分布在生满苔藓的丘陵和峡谷中,使那里明暗相间,蔚为奇观。"

这就是爱略特从小就熟知的中部英格兰,在这片土地上似乎一切都没有受到外界环境的干扰,既给人带来美感,又让人觉得亲切,仿佛走在一幅风景画中。《亚当·比德》中的干草坡也坐落在"快乐英国的那种富饶的中央平原上……隐伏在一个舒适的、树木繁茂的洼地里",干草坡所在的洛姆郡(Loamshire)处于一片群山起伏、绿水青山的地区,这里有美丽的庄园、大片的玉米地、金黄色的干草堆、可爱的私邸、袅袅的轻烟以及生机勃勃的霍尔农场。总之,这里"似伊甸园般的宁静可爱"。爱略特在《弗洛斯河上的磨坊》中还借麦琪之口直接表达对英国风景的赞美,"还有什么乡土的景色更能深沉微妙地打动我的心弦,胜过我在这个温暖的五月天漫游其间的森林呢"。

正是在这令人熟知的风景中孕育着最浓厚的乡情,这里没有"人们在工业社会所期待的阶级斗争和利益集团的划分",人与人之间没有隔阂,彼此关照。乡绅亚瑟的生日为7月30日,虽然是收获的季节,却是农场上的闲暇时刻.在这个时候成年在农民和工人看来最为合适,因为他们将有充足的时间享受亚瑟成年礼上大桶而美味的啤酒了。村里的男女老少大多受到邀请,甚至连几十年没有下过山的老人也来到猎场助兴,大家赴宴的热情与乡村的美景融为一体。作为亚瑟的好友,聪明、能干的木匠亚当也得到亚瑟的认可,还被邀请到楼上和大佃户们一起用餐,从而打破了乡绅、佃户、木匠之间泾渭分明的界限。

大家用餐时的热闹使屋子里充满"欢快的叫喊声、敲击声、叮当声、撞击声。欢乐的声音此起彼伏……比最壮观的乐曲都更加悦耳"。宴会结束后是让人捧腹的助兴游戏,人们兴高采烈地赛跑、赛举重以及参加最壮观的赛事——赛驴。晚上八点,盛大的舞会开始了,乡村舞蹈让家庭主妇忘记繁重的家务,回忆起青春的美好,少女们为她们而自豪,而丈夫们也向他们的妻子表达爱意。这一盛大的庆祝活动直到晚上十点半朴瑟一家的离开才落下帷幕。可见,亚瑟的成年生日庆典早已成为连结村民的一种纽带。

朴瑟一家的丰收晚宴(第五十三章)也展示出人际关系的和谐。丰收晚宴在夕阳西下的美景和丰收歌的曲子中拉开帷幕。佃户马丁为手下的佣人和苦工分着香喷喷的烤牛肉。吃完牛肉之后,漂亮的大松木桌上又摆满酒桶和酒杯。这里聚集着的大多是勤劳的劳动人民,马丁也为他们感到自豪。智力不佳的汤姆在此时却能妙语连珠;贝尔老头是难得的农场好手,他堆积的草垛像一堆金子;牧羊人阿里克诚实可靠;打谷能手托勒韦虽然有小偷小盗的毛病,却也不断被原谅。尽管这里没有十全十美的人,但在平日的生产劳动中,大家已经成为一个相互依靠、相互扶持的整体。他们一同付出劳动,一同享受劳动果实带来的喜悦,这种同甘共苦的经历使得他们彼此牵挂、彼此包容,宛如一个和睦相处的大家庭。爱略特直接对他们表达了赞美,"你我都得感谢这些手上长满老茧的人。他们的双手早已和他们辛勤耕种的这块土地融为一体了"。她还这样表示,"在一切劳动中相互鼓励,在一切悲哀中相互安慰,在一切痛苦中相互扶持,在最后永诀的那一刻,在静默的、无以言说的回忆中相互融为一体——人生还有什么比这更让人向往"。

《织工马南》中的拉维罗(Raveloe)也是孕育乡情的最佳场所。卡斯老爷(Squire Cass)家除夕的盛大舞会还呈现出狂欢化的场面,"拉维罗的宴席总喜欢用整块的牛腿和成桶的啤酒,尤其是在冬天的时候,排场很大,久欢不散"。在这个舞会上,老朋友抑或乡邻都希望利用这个机会见见面,叙叙旧。人们在这里自由自在,按照自己的生活方式去生活,但是个性迥异的人们都不能与拉维罗分开。虹居(Rainbow)是拉维罗地区的一家小酒店,每天不同职业的手艺人和村民都聚集在这个属于自己的小天地里轻松自在地喝酒,畅所欲言。曾经失去信仰和爱情的马南也在这里找到灵魂的归宿,拉维罗使他那长久麻木的心灵"慢慢地完全恢复了知觉"。马南在黄金失窃后立刻来到酒馆寻求帮助。村民们从开始的好奇变为深深的同情,他们立刻派出代表陪马南去警官家报案。村里的教区长和卡斯老爷等人为此还专门进行了一次比较高级的会议来分析案情,寻找线索。虽然直到十六年后真相才浮出水面,但是村民的热情和对马南的帮助从此开始。马南也在收养爱蓓(Eppie)之后多次得到邻居帮助,从而使自己重新融入集体生活,治愈了内心的创伤。多年后,获得新生的马南还重新建立起与过去的联系,并敢于再次回到"灯笼广场"(Lantern Yard),寻找曾经失落的自我和过去。拉维罗的英文中有"ravel"这个单词,它既有使纠缠或使错综复杂的意思,也有解开、解除的意思。法则上的纠葛得到解决或理顺、澄清,与此同时,错综复杂的法则则用习俗和仪式的彩虹之线将人们织结在一起,马南正是在乡村纯洁的人际关系中获得重生。

爱略特在上述两部小说中都表明英国乡村早已成为英国民众的精神家园,而离开家乡的人犹如不生根的植物缺乏安全感和灵魂的寄托。爱略特在《亚当·比德》中指出,"离开熟悉的环境去陌生的地方,即使腰缠万贯、体格健壮、舞文弄墨的人,都会觉得凄苦难熬"。为了寻找亚瑟,海蒂踏上希望之旅,但是离开熟悉的地方,她才发现这个世界的辽阔。她眼中的路程漫长、没有尽头。在经历贫穷、寒冷、饥饿、劳累之后,终于到达目的地的海蒂却发现亚瑟的部队已经去往爱尔兰,这意味着她仅存的希望已经破灭。"她不仅没能找到避难所,反而走到了一个新的荒原边缘,没有任何指望。"贪图安逸的海蒂渴望再次回到安全的家中,得到关爱和照顾,就连舅妈的责备也变得如音乐般悦耳动听,她还第一次动情地想起黛娜对自己的体贴和关心。在寒冷、黑暗、孤独的时刻,涌到她面前的是明亮的壁炉,温暖家人的声音,熟悉的田野和人们。所以她决定终止这种漫无目的的流浪,回到干草坡去。小说中的干草坡成为海蒂心目中最好的地方,那里有她人生的记忆,还有亲人和朋友。家乡不仅是衣食起居的物质基础,也是人的精神家园。她虽然起初决心不再回到原来的地方,却有一种莫名的吸引力,使她又走上回头的路。

小说中的格温德琳从小到处漂泊,对出生之地的英国没有多少依恋,后来对栖身的英国乡间威塞克斯(Wessex)也并无多少情感。在情感的困扰下她逃往德国,但无奈家道中落,又不得不回归家庭,承担责任。她在嫁给贵族格朗古之后,备受丈夫摧残。两人在意大利泛舟时,格朗古溺水身亡,格温德琳才得以解脱。在返回英国的火车上她第一次对威塞克斯有了家的感觉,她想到长满青草的田野,浓荫密布的庄园,修剪整齐的树篱,以及她可爱的家人。"在这安静的家里,她曾感到无聊,几次要离它而去;但现在,对这个家的短暂经历却又回到了她的身边,成了安宁的庇护所。"爱略特有意将格温德琳的家乡设置在"威塞克斯",这不禁让读者联想到哈代"威塞克斯小说"。哈代的早期小说充满着田园情调,他在英国乡村的传统和习俗的基础上,将自己对故土的依恋融入威塞克斯的自然世界,歌颂那里淳朴的民风,描绘威塞克斯大地上的田园生活。《还乡》(*The Return of the Native*, 1878)中的红土贩子(Reddleman)经常出没于荒原，他将草皮盖在身上，看上去跟长在那里一模一样，即使在白天也不容易让人看见，从而成为荒原的一部分。他最终与同样扎根于此的托玛沁（Thomasin）喜结连理，继续延续着乡村生活的传统。威塞克斯是英国民众乡土意识的承载之地，乡民深深扎根于此。两人的威塞克斯都是"可知共同体"（knowable community）。威塞克斯这一地点的设置也展示出爱略特的扎根意识和对故乡的情谊。爱略特将此作为故事背景也是为了表明乡情对一个民族的塑造作用，她在小说中写道：

"人的一生应该稳稳地扎根于家乡土地的某一点，由此可以生成对大地容貌热爱、柔情和亲切感，对周边人们的劳动的热爱，对萦回耳际的声响和乡音的热爱。在这个地方，早期的记忆包含着爱，所有的邻居，甚至猫狗都能和谐相处。这种温情不是多愁善感，也不是深思熟虑的结果，而是一种融入血液的甜蜜。"

朴瑟先生也不想离开家乡，这个他出生、成长的教区。他父亲也是在这里土生土长的，他唯恐离开了这里，家道就不会兴旺了。麦琪的父亲对老屋也有一种深深的依恋，老屋甚至成为其生命的一部分，这里的生活在他感觉就好像是一个"用惯了的、柄子光滑的工具，抓在手里既亲切又自在"：

"他对这里的每一道门的声音都熟悉；他觉得每一个房顶，每一道斑斓剥落的山丘都有美丽的形状和色彩，因为他的感觉全都是在它们的培养下形成的。我们那些受过教育的游子年轻时就去了热带，习惯于跟棕榈和榕树为伍，几乎不曾有时间到篱巷流连。他们是靠吸收一本本游记的营养长大的，他们想象天地伸展到了非洲的赞比西河。"

麦琪的父亲对老屋的依恋也是一种乡土意识的体现。《米德尔马契》中的高思先生也代表着"与泥土紧密相连的古老英格兰"，他喜欢光明正大的生活，更喜欢和泥土、树林还有田野打交道。爱略特多次到欧洲游历，欧洲为她提供了避难的场所、写作的灵感，旅行的经历使她增长见识、丰富自我，但是始终萦绕不去的是她的思乡之情，她在日记中写道，"对于在德国停留了八个月的人来说，已经受够那难吃的肉类，炉火取暖的房间和被子不被叠好的床铺，英国的羊肉、英国的火炉、英国的床铺多么让人向往"。即使在爱略特成名之后，她的好友斯托夫人（Mrs Stowe）希望她来美国买下柑橘园居住的建议也被她拒绝。她在书信中写明理由，"我们现在不能放逐自己，离开保有道德和社会生活之根的祖国。就怕到了国外，割断了与同胞们的联系，人会变得自私，情感也会枯萎"。爱略特在《萨奇的印象》中也有对故乡和祖国的思考，她认为祖国是心灵的共同记忆和习惯的诞生地，是一种特别的归属感，能让人不至于走上歧路。

当时的维多利亚社会正在经受转型之痛，改革的风潮一浪接着一浪，妇女运动、工人运动以及议会改革此起彼伏，人们也陷入信仰危机之中，乡土之根几乎动摇，而爱略特对中部英格兰乡村的书写正是希望通过倡导一种乡土意识将英国民众重新联结起来。正如爱略特的第二任丈夫克罗斯所言，她的根扎在铁路和电报出现之前的年代。爱略特的作品几乎都离不开中部英格兰的乡村，并且大多发生在创作时间的几十年前，从而表达了作家对乡土记忆的珍视。在她看来，乡村不仅具有空间意义，更是一种情感连接，是一种文化认同和精神家园。爱略特对乡土记忆的重视贯穿她的整个创作生涯，使其成为建构"英国性"的重要手段之一。正如1876年在给菲尔普斯（Elizabeth Stuart Phelps）的信中写到的那样，"我从创作第一部小说开始，看待生活的观点就没有改变过。任何明显的精神蜕变都是无意识所为。我刻画黛娜和莫德凯的根本原则一样毫无二致"。

第二节　女性的使命

"爱略特如实再现了女性的力量和无力，同时她更加强调女性在文化与社会的历史演进中所发挥的作用。"爱略特笔下的女性也是建构共同体文化的重要组成部分。爱略特塑造的女性形象重点不是突出男女之间的对抗，也不是为了颠覆男权社会，而是力求探知当时英国人的身份认同，是建构共同体文化的手段。爱略特认为女性应该承担起在家庭空间和公共空间的责任，通过维护家庭和民族使英国社会成为更加和谐的整体。

家庭和共同体是密切相关的，共同体中的许多共同感受、共同观念等都是通过家庭影响传递的。黑格尔认为国家是共同体的结合，而不是个人的联合，而第一个共同体就是家庭："伦理的最初定在又是某种自然的东西，它采取爱和感觉的形式；这就是家庭。在这里个人把他冷酷无情的人格扬弃了，他连同他的意识是处于一个整体之中。"

"家的重要性对维多利亚时代的人来说都不仅只是一种修辞……维多利亚时代的布尔乔亚家庭是一个人无法把耳朵捂起来的回音室。"维多利亚时代的英国人对"家"的推崇由此可见一斑。"维多利亚时代的英国是一个恋家的社会，家既是远离现代生活焦虑的避难场所，又是一个神圣的殿堂，守卫着商业精神和怀疑精神所要毁灭的道德和精神价值观念。"提到家，就不得不提到女性在家庭中扮演的核心作用。罗斯金（John Ruskin）在散文《皇后的花园》（"Queen's Garden"，1871）中就精辟地论述过家和女性的重要性，"家是和平的场所，避风港，远离了一切伤害，恐惧, 怀疑和分裂……在一位高贵的女性那儿, 家甚至可以成为一片辽阔的所在。它比香柏和丹漆装饰的华屋更加美好, 为那些无家的人们, 静静地散发光芒"。女性被称为"皇后", 是爱人、丈夫、子女、远方世界的皇后。他还把女性比作秩序的核心, 安慰痛苦和美的镜子。该散文成了罗斯金的最受欢迎的作品, 在世纪之交共卖出十六万册, 并出版了多个版本。班克斯也强调过女性与家庭的关联, "缔结婚姻的家庭是国民生活的首要因素。大多数妇女致力于并且应该致力于这些崇高的责任来组建基督教家庭"。所以, 一个有序的共同体离不开健康的婚姻和家庭伦理, 后者又离不开心智健全的妻子和母亲。

维多利亚时代的英国女性已经开始有一定的职业活动了, 但是她们最初的职业活动是护士、家庭教师或者小说家, 这些活动或是在家中进行, 或是女性作为人类社会的教师、助手和母亲之类的角色的延伸。随着妇女运动的兴起, 不少女性主义者纷纷为争取女性权利和扩展女性空间而努力。爱略特当时与一些女性主义者有过一些交往, 对她们的主张并不陌生, 她虽然在理论上认同男女平等, 但认为当时女性还没有准备好接受政治平等带来的责任。在写给戴维斯 (Emily Davies) 的书信中, 她表示, 两性之间的区别不容忽视, "男性对女性失去性别差异的恐慌虽然庸俗却并非毫无道理, 我们无法承受失去女性自身特有的温柔、善良、爱心和潜在的母性, 这些都是女性特征"。在评论文章《法国女性:萨布雷夫人》("*Woman in France: Madame de Sablé*", 1854) 中, 爱略特明确表示文学是有性别的, 女性独有的情感体验是男人所未知的, 女性生理上的柔弱虽然被夸大, 但暂时无法取消。在两性差异消失之前, 女性在知性和道德方面的长处会成为多样化和优雅的源泉。她相信女性天生具有道德影响力, 爱使她们成为人类社会的财富和爱的使者。她认为女性的天赋体现为审美的感性、母性智慧、优雅的社交天分, 女性是群体历史的守护者, 这些都是男性所不能取代的。尽管爱略特并不赞同家庭中男性对女性的偏见与歧视, 但是她认为成为一名独立女性并不意味着抛弃传统的女性职责, 家庭仍然是女性施展能力的最好平台, 她为女性权利的争取也是建立在这一平台之上。爱略特的第二任丈夫克罗斯指出, "爱略特渴望修正社会对女性的不公, 但是作为一名女性, 她认为女性特质是第一位的, 她也很骄傲地成为一名优秀的家庭主妇"。爱略特情感上的离经叛道虽然没有使她成为传统的妻子和母亲, 但是她自己却是一位十分具有母性特质, 充满责任感的优秀女性。她在日记中曾经写道, "我对未来唯一的热切希望在于生活赋予我某种女性的职责, 使我有可能在关爱他人的生活中获得纯净而平静的幸福"。她尽力支持爱侣刘易斯的工作, 还承担起抚养刘易斯三个儿子的职责。爱略特与刘易斯的儿子拥有良好的关系,刘易斯的儿子亲切地称她为"Mutter"。刘易斯的儿子桑尼身染重疾之时也是在爱略特的悉心照顾之下离世的,刘易斯在日记中写道,"她将所有母爱倾注在这个男孩身上,并经历了一位母亲的丧子之痛"。爱略特还称自己的作品为"精神上的子女"。对于那些热切追随自己的年轻女子,爱略特在与她们的书信往来中有时也会以母亲自居。"她在女性朋友中扮演着麦当娜的角色,并从'母亲'的身份中找到安慰。"爱略特还向朋友极力推荐路易斯(Sarah Lewis)的著作《女性的使命》(Women's Mission, 1839),该书极力强调母爱,并认为母爱是世界上最无私的爱,是唯一源源不断的情感。

爱略特在作品中反复强调女性作为妻子和母亲对维系家庭所发挥的重要作用。首先,她在作品中刻画了不少有情有义、忠贞善良的家庭主妇。在《织工马南》中爱略特就对比了卡斯老爷家在南希(Nancy)嫁给其子高德弗雷前后的不同。在南希嫁给高德弗雷之前,卡斯老爷家"缺乏有益的挚爱和畏惧的源泉",因为卡斯老爷妻子早已去世,卡斯老爷只好经常出入酒馆打发时间,两个儿子也有着各自的缺陷,邓斯坦(Dustan)酷爱赌博,高德弗雷缺乏勇气、优柔寡断。南希的来临使这个家变得有条有理、整整齐齐、一尘不染。当南希得知爱蓓是高德弗雷的私生女时,她并没有责备丈夫,因为她奉行的是"既爱之则永爱之"的金科玉律,还和丈夫一起争取爱蓓的抚养权,将爱蓓视为亲生子女。《米德尔马契》中布尔斯特罗德的妻子赫莉欧(Harriet)也是"少见的好女人","像白天一样诚实"。在布尔斯特罗德的丑闻被揭发之后,小镇上的人都同情她,关心她,不敢把实情告诉她,但是当她得知这一灾难性消息后,只经历了短暂的困惑,就决定支持丈夫,"夫唱妇随仍是她思想的组成部分",她去掉首饰,换上朴素的黑色外衣,和他一起承担耻辱,维护家庭的完整,展现了一位具有同情心的好妻子的形象。爱略特还成功塑造了波塞太太这样一个深入人心的人物形象。她的天地虽然只局限于家庭空间,但是她能将家务料理得井井有条。她的家中干净得只有站上盐箱,用手指在那高壁炉架上抹一抹,才能见到几粒灰尘。虽然在那样一个男性主导的世界里,波塞太太主导的劳动带来的利润十分有限,但是她的重要作用不容忽视。

爱略特作品中的母亲虽非完人,但唯一不变的是母性带给家人的温暖。亚当的母亲莉丝蓓(Lisbeth)梦想的人间天堂很简单,只需要干净的厨房、明亮的炉火、烤肉的香味和儿子的陪伴。虽然在失去丈夫后她心情低落,但她经常回忆起丈夫在酗酒前对妻子的温柔体贴。在亚当与海蒂的感情无疾而终之后,她独具慧眼发现戴娜和亚当之间的情愫,主动劝说亚当表白心意,缔结美好姻缘。好脾气的塔里弗太太(Mrs. Tulliver)也曾经是"美丽和友善的花朵",是做家务的能手,她高超的厨艺使仆人都为之骄傲。在小说结尾,麦琪因为外出划船彻夜未归引起大家猜忌,哥哥汤姆不顾真相决定将其逐出家门时,塔里弗太太的母爱战胜了恐惧,她对麦琪说:"我跟你走,你还有妈妈在"。她的拥抱给心力交瘁的麦琪提供了无限的精神安慰。在《牧师生活场景》中爱略特曾这样赞美母性,"母性是有力的……它的强光改变了万物:它使胆怯变成勇气,无畏的蔑视变成激动的顺从;不假思索变为深谋远虑,还能平息焦虑;使自私自利变为克己忘我,使虚荣变为关爱"。爱略特在《亚当·比德》中也表示,"母爱,这种将一种生命完全再现于另一种生命的爱,才是人类爱的本质"。《织工马南》中热心、温和、有耐心的多利(Dolly Winthrop)也是好母亲的代表。在心地善良、善解人意的多利的关照下,马南完成了对爱蓓的抚养,使爱蓓成长为一个同时具有孩子般纯真和母亲般温和的女性。她还改变了马南对宗教的嫌恶,让马南走向教堂,恢复了信仰;正视过去,迎来重生。在多利的关照下,她的儿子阿伦也成为一名正直的园丁。可以说,她的关照体现了一个母亲的本能和无私。

其次,爱略特在歌颂传统女性美德的同时,还塑造了一些忽视家庭责任,游离于家庭空间之外的女性。通过两种女性的对比来强化英国文化中"家"的意义以及女性在构建共同体中的特殊地位。爱略特在《米德尔马契》中塑造了一位叛逆、神秘、甚至病态的法国女伶璆尔(Laure)。"英国成长小说中所有错乱的性爱选择,肯定与法国女人有关。"小说中的男主人公利德盖特在法国求学期间爱上了一位迷人的法国女演员璆尔,为此他多次找机会向其表白。璆尔在舞台上杀死了自己的丈夫,利德盖特也并不在乎,只认为那是意外。只是在听到璆尔承认自己是凶手时,他的幻想才破灭。爱略特用比较负面的词语来形容这位忽视家庭责任的法国女性,说她是"一头桀骜不驯的野兽"、"愚蠢的罪犯"。德隆达的母亲是一名犹太艺术家,为了艺术,她背叛父亲,抛下儿子,争取独立的人生。德隆达的母亲对艺术的热爱是以排斥其他的爱为代价的,她表示,"我不需要爱,我一直被爱所窒息。我想过内心想要的生活,不想被其他的生活所累"。爱略特对她的勇气表示钦佩,但是对她这种离家弃子的行为并不完全认同。爱略特借助德隆达的视角表达这一观点,如果这名艺术家不是她的母亲,德隆达会对此表达出一种对陌生人的同情,但是德隆达还是对母亲感到一种"令人厌恶的柔情带来的痛苦"(the pain of repulsed tenderness)。小说结尾处,在她年老色衰,无法继续艺术生涯时,她才想到寻回儿子,让其了解犹太人的身份,继承祖先遗产,而自己则拖着病体孤零零地离开人世。这样的结局使这位具有传奇色彩的女性蒙上悲剧色彩。

可见，一方面爱略特以家为中心，热情歌颂传统的女性美德；另一方面则打破家的神话，书写恶魔般的母亲或妻子，来强化女性对家庭的特殊作用。

值得注意的是，爱略特塑造的理想女性并不是一味地付出和妥协，对丈夫言听计从。她们对男性也具有一定的改造作用，并且在这个过程中实现自我。多萝西娅就成功地将威尔从一个拜伦式的英雄转变成雪莱，或伯克式的人物，使其最终赢得选举，参与到社会生活中来。"威尔成了热情的社会活动家，他全力以赴工作，最后进入议会。这是多萝西娅再也高兴不过的事，既然世上还有恶，那么她的丈夫能够深入斗争的核心，与恶对抗，她作为一个妻子理应支持他"。"多萝西娅的伟大最终通过威尔转化成实际作用。只有在两人的结合之后威尔才取得了成功"。多萝西娅成就了威尔，也实现了自我。多萝西娅最初的愿望不是做一个女性主义者，而是嫁给一个志同道合的男人，加入这个男人伟大而高尚的事业中去，过有意义的生活。但事情并非如她所愿，只有在她结识威尔，并与之相恋之后，她才在与威尔共同进步中实现了自己的愿望。爱略特认为男性并非女性的救世主，女性不能将未来的希望寄托在男性身上。但是爱略特并不赞同脱离当时的社会现实，为女性争取诸如选举权等政治权利。她认为女性应凭借自己独特的个性在家庭中发挥自己的影响，即在家庭中成为男性的有力支柱，将爱与关怀带给身边的每一个人，在获得自身道德完善的同时惠及他人，使自己的影响从家庭延伸到社会。

女性不仅承担着家庭责任，维护家庭的完整，还承担着对民族和国家的责任，以期维护民族共同体的完整。当家庭和民族利益发生冲突时，爱略特选择让女性走出家庭，参与到更广阔的公共空间中。

罗慕拉原本是一个不谙世事，局限于家庭空间的好女儿。与蒂托结为夫妻后，她又试图做一名好妻子。但是在经历父亲的去世和丈夫的背叛后，万念俱灰的她不得不选择逃离。在逃离途中她被神父萨伏纳罗拉拦了下来。他要求罗慕拉"为佛罗伦萨而活"。此刻的佛罗伦萨正在饱受瘟疫的折磨，疾病在这个拥挤的城市蔓延，医院和私人住宅的院子都住满病人，但是还是有很多病人无处可去。为此罗慕拉重新回到自己的位置，"她要用一根新的线把生活串起来"，这根线就是与公众生活的纽带。帮助那些受瘟疫困扰的病人就成为自己为佛罗伦萨尽责的最好方式。"她天性里的全部热情，不再投入对父亲对丈夫的温情之中，而是转移到同情公众生活的热心里面。"此时，她不再只是一位妻子和女儿，更成为佛罗伦萨的女儿。

罗慕拉选择走出家庭空间，承担起对城市的职责，而《西班牙吉普赛人》中的女主人公费尔德玛（Feldama）在经历一番挣扎后也选择走出家庭空间，甚至牺牲个人幸福，承担起复兴民族的责任。不少批评家对费尔德玛给予高度评价：卡罗尔（Alicia Carroll）认为费尔德玛是一种女王般的存在，是一个成功而光辉的形象，打破了以男性为中心的情节，爱略特从而也被视为认识到性别和种族复杂问题的女性作家之一。查农—多伊志（Lou Charnon-Deutsch）也指出，费尔德玛是"女神、大祭司、王后和淑女的集合体"。

吉普赛女子费尔德玛由西班牙贵族抚养成人，过着养尊处优的生活，她热爱自由、热情善良。她亮相之前就受到流浪艺人的赞美，说她"像漫游在森林中的猎豹一样敏捷"（lithe as panther forest-roaming），"像玫瑰叶子上的雨滴一样纯洁"（pure as rain-tear on a rose-leaf），是天地的宝石，是光明之子。她不顾自己的异教徒身份与西班牙贵族席尔瓦（Don Silva）相恋，两人即将到来的婚礼似乎象征着成为一名贤妻良母是她这一生甜美的结局。但是，爱情掩盖不了她追求自由，渴望更广阔天地的天性。为了见识新奇的大千世界她曾偷偷从宫廷逃出来，在卖艺的歌喉的指引下在广场上翩翩起舞，这也流露出吉普赛人能歌善舞的特性：

"她被热情的天性所驱使，
　感觉一切生命都是音乐，
　音乐使她的眼睛闪着亮光，
　如同米里亚姆一样翩翩起舞，
　她曾经在红海岸边高声歌唱，
　引领着人们的欢歌；
　又如同特洛伊的女仆唱着哀歌
　观察悲伤中的赫库芭：
　她缓慢地舞动着身姿，
　感觉行动融为一体，
　如同在伊甸园中缔结了纯真的婚姻。"

聚集的人群起先保持着对贵族尊重的沉默，他们屏住呼吸，随后发出快乐的赞美和低语声，最后人群爆发出快乐的呼喊，拥有费尔德玛的时刻让他们感到精神上的富足而忘记生活的贫困。费尔德玛的舞蹈得到公众的一致赞美，同时她还被比作摩西的姐姐米里亚姆（Miriam），带领犹太人走出埃及，这为她将来承担吉普赛人复国使命打下伏笔。舞蹈融合费尔德玛内在和外在的自我，是情感的自然流露，也是人群一呼百应的结果。她充满同情和悲悯之心，渴望更广阔的世界，释放笼中之鸟即是明证。当她看到吉普赛战俘时又升起了释放他们的冲动，"他们可能像双翼健硕的鸟儿一样痛恨鸟笼"。但是当沦为阶下囚的父亲扎卡（Zarca）认出女儿准备让她放弃婚姻，回归吉普赛人生活，做一名无家可归部落的天使和非洲的王后时，她陷入两难的困境。她理想的结局无非是成婚后认祖归宗，实现婚姻和民族，自我与群体，小我与大我的融合，但是这种天真的想法被父亲扎卡打破了，说她的想法是"女性的幻梦，如同想通过微笑让经受霜冻的无花果成熟"。她不属于普通女子的命运，整天面对着琐碎的家庭环境而是属于她的部落。嫁给西班牙人就好比把自己的黑皮肤染白，成为对西班牙人言听计从的鹦鹉，同时更是双重杀手，既磨灭了父亲的希望，又杀死了同胞的希望。在爱情和民族中，费尔德玛必须选择其一，没有中间道路可走。最后，她选择嫁给人民，忠实于自己的民族，来承担更大的责任。诗歌的结尾处，扎卡因为处死了席尔瓦的朋友和亲人而被席尔瓦杀害（当时西班牙正在与摩尔人征战，费尔德玛的父亲扎卡选择支持摩尔人而成为西班牙的对立面），实现非洲复国的重担真正落在费尔德玛的肩上。不少评论家在读到扎卡去世后吉普赛人民心涣散的结尾时都认定费尔德玛去非洲的事业注定会失败，但是忽视了她自身作为女性领袖的不同之处和希望所在。失去爱人和父亲的费尔德玛并没有被悲伤所击垮，她没有流一滴眼泪，没有退缩也没有抱怨，只是默默承受着部落人们的悲伤和对她的信任。她还大度地原谅了自己的爱人。非洲复国愿望的实现遥遥无期，但是费尔德玛已经迈出第一步，埋下希望的种子，终有一天会形成燎原之势。

综上所述，女性在建构共同体文化方面发挥着重要作用。女性不仅充当妻子和母亲的角色，维护家庭的完整，她们还可以走出家庭空间，在公共领域为国家和民族的复兴做出贡献，正如尤瓦尔-戴维斯（Nira Yuval-Davis）和安西娅（Floya Anthias）所言，"妇女既是社会进程的维持者，更是改写者"。

第三节 世界主义愿景

萨义德指出，"每一种文化的发展和维护都需要一种与其相异质并且与其竞争的另一个自我（alter ego）的存在……每一时代和社会都重新创造自己的他者"。一个民族的形成离不开"他者"的凝视。爱略特正是通过在作品中引入他者的形象（吉普赛人、中国人、犹太人），来实现对民族文化的超越，并试图建构一个多元、开放的命运共同体。

爱略特在评论文章《略议德国人》（"A Word for the Germans"，1865

中表达过自己建构世界主义（Cosmopolitanism）的理想，"约翰牛对指导持开放的态度。他慢慢地、一点点地修正自己的观点、习俗和法则……他的确在改变着对其他民族的看法"。爱略特对世界主义理想的建构体现在对东方主义的反拨以及对混杂身份的探索之上。

评论界对爱略特笔下的犹太人形象多有探讨，而对吉普赛人和中国形象的关注略显不足。爱略特对东方主义的反拨不仅体现在对犹太人的同情上，还体现在破除对吉普赛人和中国的刻板印象上。首先从吉普赛人的家国意识谈起。《西班牙吉普赛人》是爱略特的唯一一部诗剧，虽然这部作品几乎是爱略特生涯中的"隐形时刻"，但还是有一些评论文章分别从形式、种族主义、女性主义对其进行阐释。果不其然，负面评价略占上风，比如一些评论家认为爱略特固化了种族之间的界限，具有种族隔离的倾向，还有些学者认为女主人公费尔德玛牺牲了做妻子和母亲的权利，展示出女性无法赢得独立的困境，但是本书认为爱略特打破英国国民对吉普赛人的刻板印象，通过塑造具有强烈家国意识的吉普赛人为"英国性"的建构提供了参照。

该诗的创作灵感起源于爱略特在意大利游历期间欣赏到的画家提香（Titian）的画作《圣母升天图》。正如圣母一样，主人公费尔德玛也身处两难的困境。费尔德玛由西班牙贵族抚养长大，并与西班牙贵族青年席尔瓦相恋，在婚礼前夕她得知自己的吉普赛公主身份，不都不离开爱人而选择忠于自己的民族，在父亲扎卡去世后继承去非洲建国的崇高使命。

吉普赛人是世界上最古老的民族之一，他们热情奔放，浪迹天涯，神秘莫测，通过卖艺或占卜等方式维持生活。吉普赛（Gypsy）一词由"埃及"音变得来，但实际上他们来源于印度西北部。在15世纪，吉普赛人踏上欧洲的土地，这个民族从来没有停下流浪的脚步，同时他们也因不拘一格的生活方式而饱受质疑，他们黝黑的肤色被看作是劣等民族的特征，甚至被贴上"小偷、乞丐、抢劫犯、人贩子"的标签。几乎所有的欧洲国家都曾明令限制过他们的行动，甚至直接将其驱逐出境。16世纪初，一部分吉普赛人从欧洲大陆迁徙到英伦半岛，在这里他们再次遭遇歧视和迫害。由于害怕吉普赛人的流浪生活会破坏社会秩序，政府多次颁布法令，强制吉普赛人定居，否则便施以极刑。普希金在《茨冈人》一诗中就真实记录过吉普赛人的生活，"你们的漂泊无定的屋宇，/荒野里也不能避免穷困，/到处是无可逃避的苦难，/没有什么屏障摆脱命运"。甚至到2003年，吉普赛人仍然被看成是最邪恶的群体之一，可以和难民相提并论。

19世纪中叶，英国掀起一股研究吉普赛人的热潮，学者从语言、风俗习惯等多个角度展示吉普赛人的生活和文化。作为当时的文化名人之一，爱略特与这些学者素有往来，包括博罗（George Borrow）和利兰德（Charles Godfrey Leland）（后者于 1888 年成立吉普赛民俗协会），她还拜读过博罗的著作《辛卡利——西班牙吉普赛人纪实》（The Zincali - An Account of the Gypsies of Spain，1841）。爱略特对吉普赛人的悲惨生活表示深深的同情，她在日记中写道，"西班牙王室对吉普赛人的迫害比犹太人和摩尔人要多得多。1492 年，灭绝吉普赛人的法令出台"。西班牙人将他们视为下贱肮脏的害虫，强迫他们从事最繁重的体力活，并且像对待牲口那样随意驱使和打骂。《西班牙吉普赛人》一诗背景设于宗教审判（Inquisition）异常严苛的 15 世纪末的西班牙，这种重压使吉普赛人建立自己家园的愿望更加紧迫。

父女的对话中就表现出吉普赛人所经历的不公和悲苦，费尔德玛也认为吉普赛人是"一个比摩尔人或犹太人更边缘化更受鄙视的种族"，他们"被踩在脚下"，像一群鼠类、苍蝇、海里的爬虫，被网拖曳着扔向远方，自生自灭。他们没有受过教育，没有朋友，也得不到上天的恩宠。席尔瓦的叔父伊西多尔就带有典型的种族主义偏见。费尔德玛黝黑的皮肤和不明来源的身份让他十分反感，将其与威胁国家安全的犹太人相联系。费尔德玛在大街上当众翩翩起舞更是加深了他对费尔德玛的偏见。费尔德玛深色的皮肤和头发如同她异教徒的身份一样具有黑暗的指涉，被认为是"身披火焰之袍撒旦的未婚妻"，席尔瓦和费尔德玛婚姻是光明与黑暗的融合。

而吉普赛人的领袖扎卡忠诚于自己的民族，他受过教育，了解希伯来文化，又具有摩尔人的敏捷。他博学多识、思维缜密，是民族领袖的最佳代言人。扎卡的民族情结并不是父权制的体现，而是代表了一个被边缘化、被驱逐民族的心声，一个建立属于自己的家园的心声。他希望有一天看到所有成员，从东南西北齐聚在一起，形成团结的联盟，"建立一个民族——光明、有序、有法制的，而不是混乱不堪的"，"我们寻找一个家园/一个受到太阳和大地庇护的地方/我们可以像庄稼一样舒展和成熟"。扎卡和《丹尼尔·德隆达》中的犹太人莫德凯拥有相同的民族梦想，都希望在世界上建立一个有机中心，结束多年漂泊和受压抑的生活。为了得到建国的更多帮助，他与摩尔人合作共同对抗西班牙人，甚至不惜付出血的代价。

"大多数与吉普赛人有关的小说和诗歌都是为种族主义和厌女症的毒酒服务的，……迷思背后真实的人却处于缺失的地位。"爱略特并没有陷入东方主义的泥潭，而是对吉普赛人进行积极的正面描写。扎卡部落中的吉普赛人既不是野蛮凶残的怪物，或者神秘莫测的原始人，而是一群活泼热情、和善可亲的异族人。诗歌第三部分的开头就对吉普赛的田园生活做了形象的刻画。"吉普赛的营地驻扎在古老的欧洲和非洲新世界的交界地带。吉普赛人保持着祖先的传统，驻地而居，过着忙碌、快乐、嬉戏的生活。高个子的少女喂着羊群；年轻的吉普赛母亲用温柔的目光注视着怀中的婴儿，低声唱着动听的催眠曲；老妇人编织着席子，或煮着草药；蹒跚学步的孩子也会咯咯大笑释放自己的快乐；少年们躺在草地上，把玩着硬币；老人牵着载满水果的驴子从田地中归来；年轻人忙着制作打猎的工具。他们如同肥沃的热带土地上由太阳养育的部落，父亲的光芒在黑色的眼睛中闪烁，富含营养的母亲之血滋养着他们的四肢。"费尔德玛也融入部落的集体生活，还扮演者女性保护者的形象。快乐的吉普赛女孩希尔达（Hilda）与仰慕者调情之后，来到费尔德玛的身边寻求保佑，把玩着她的双脚，希望受到费尔德玛的抚摸。费尔德玛感受到了她的触碰，她伸出双手，分享着女孩的快乐。吉普赛人的营地充满着田园气息和人与人之间的美好。

同时，吉普赛民族是一个极具群体意识的民族，他们以大家庭的形式存在。他们没有固定的宗教信仰，也没有牧师的约束，但是他们具有忠诚的信念，他们的"宗教"在于人与人之间的信任，这种群体意识打破了等级制社会的束缚，这与爱略特主张的人文主义宗教观不谋而合。对他们来说，一盘散沙的生存状态就意味着民族的灭亡，建立自己的国家也是强调群体重要性的一种表达。吉普赛女孩欣达（Hinda）的爱是始终如一的，她的爱根植于对部落的爱和传统之中，正如她所说的那样，"我们还能别样的生活吗？失去了兄弟姐妹的生活？没有婚礼？那将是黑暗的日子。一位辛卡拉（Zincala）不能离开他的部落生活"。从早期《珍妮特的悔悟》中被称为"吉普赛人"的珍妮特，到渴望从吉普赛人生活中寻找认同的麦琪，再到被误以为具有吉普赛人血统的威尔，最后到以吉普赛女性为主人公的诗剧，爱略特一生都在想象的世界中与吉普赛人生活在一起。在《西班牙吉普赛人》中，爱略特更是将对"英国性"的思考融入到吉普赛人的形象之中，在颠覆他者刻板印象的同时，通过吉普赛人的家国意识重新书写了"英国性"。

在关注吉普赛人命运的同时，爱略特还对中国文化产生一定的兴趣。作为一名博学的女作家，爱略特通过广泛的阅读来进一步了解中国。在《米德尔马契》的笔记中，爱略特在西方宗教学之父、东方学的领军人物穆勒（Max Müller）影响下，对世界文明和宗教的发展脉络进行过详细地梳理。在早期哲学家的名单中，中国先哲的大名也赫赫在目，比如孔子、孟子、老子。爱略特还专门记录下老子的生活年代——公元前六世纪左右。爱略特发明过"渐进主义"（meliorism）一词来表达自己不偏不倚的社会政治思想和渐进式的发展模式,而中国儒家文化的中庸之道也讲究一种动态的平衡,避免走极端。这一点也证明爱略特的思想与中国古典文化的交集。正如威利所言,爱略特"总能看到问题的两面,既甘于平凡,又崇尚理想;既坚持传统,又提倡创新;既保持传统的本质,又能对其形式保持批判"。同时,极富语言天赋的爱略特还追随穆勒的脚步把眼光投入到对东方语言的研究中,虽然爱略特的兴趣点主要集中在梵语上,但是也提到过汉字。在创作最后一部小说《丹尼尔·德隆达》时,爱略特出于对犹太人的兴趣阅读过不少与东方相关的书籍,爱略特涉猎的与中国有关的书籍主要有英国东方学家尤尔(Henry Yule)编译的《马可·波罗游记》和法国传教士古伯察(Evariste Régis Huc)的《鞑靼西藏旅行记》(Souvenirs d'un voyage dans la Tartarie, le Thibet, et la Chine pendant les annees 1844, 1845 et 1846)。18世纪的欧洲曾经流行过"中国热"(Chinoiserie),但是到了19世纪,随着中国国力的下降,欧洲"对中国的热情被蔑视所取代"。1858年和1860年《笨拙》(Punch)杂志中的卡通和诗歌就把对中国人的歧视表达得淋漓尽致,说中国人(John Chinaman)天生是流氓,是混蛋。但是爱略特在散文集《萨奇的印象》中,借叙述者之口表达出对中国人的同情态度,"我定不会用鸦片让他们(中国人)道德败坏,也不会假定他们不够全球化,借机破坏或剥削他们的劳动成果来强迫他们服从我的意志,更不会在伦敦的街头遇到一位友善的中国游客因为他的服饰和信仰与我相异而侮辱他"。《丹尼尔·德隆达》这部小说还多次出现与中国相关的意象,比如中国女性的缠足、中国丝绸上的汉字、中式彩灯、七巧板、梅里克夫人的中式发髻,这些都为小说注入了全球化因素。

爱略特在破除对他者的刻板印象之外,还通过塑造身份混杂的人物来表达其世界主义的理想。《丹尼尔·德隆达》中的犹太音乐家克莱斯默象征着世界主义的理想,"他具有世界主义的理念,期望种族的融合","他代表了阿诺德式的文化理想,从而打破了对犹太理想主义的民族建构",是"正面声音之一"。爱略特正是通过克莱斯默书写了一种建构多元、开放的"英国性"的可能。克莱斯默的原型是著名音乐家鲁宾斯坦(Anton Rubinstein),鲁宾斯坦具有犹太人、斯拉夫人和日耳曼人的血统。克莱斯默也被看成是"彻头彻尾的世界主义者",而他与英国贵族之女凯瑟琳(Catherine Arrowpoint)的结合也意味着英国文化与异域文化的融合。克莱斯默是英国贵族凯瑟琳的音乐教师。频繁的陪伴,志趣的相投,双方各自的优点使两人暗生情愫,但是悬殊的门第之差和不同的文化背景还是让这位艺术家有所保留,"如果凯瑟琳出身贫寒,他肯定早就对她热烈表白了,而不是通过钢琴掀起激情的风暴或者抄着手对远如北极那样的事情夸夸其谈了"。只有在情敌布尔特先生介入的小插曲发生之后,两人才表明心意,并准备和凯瑟琳的父母摊牌。夫妇二人在惊讶之余,更多的是气愤,认为这会成为一个"笑话""公众的谈资"。他们将克莱斯默看成是"一个吉普赛人,犹太人和地球上的气泡"。他们还搬出责任,甚至国家利益来说服凯瑟琳放弃这桩婚姻:

"我们希望你能嫁给一名绅士。"父亲说道,尽力表明自己的立场。

"与英国国家体制相关联的人,"母亲表示。"处于你这个位置上的女性有着严肃的责任。当责任和喜好发生冲突时,她必须服从责任。"

"我不否认这一点,"凯瑟琳说,她的冷漠与母亲的激动形成鲜明对比。"但是一人可能说的是事实,却用错了地方。人们可以轻松地把他们想让别人做的事冠以责任这个神圣的字眼儿。"

在两人看来,克莱斯默成为掠夺国家财产的外国盗贼,"他长着讨厌的外国嘴脸,是不实际的人",是江湖骗子,对他讲话也带着相当蔑视的威严。但是在克莱斯默和凯瑟琳的坚持之下,两人终成眷属。克莱斯默与凯瑟琳的结合意味着英国文化和异域文化的融合,"凯瑟琳和克莱斯默的婚姻以及父母并未剥夺她的财产继承权强化了混杂性继承的趋势"。切耶特(Bryan Cheyette)对此也表示赞同,"婚后,克莱斯默不受犹太性的制约,游走于日耳曼人、斯拉夫人和犹太人之间,并且摆脱了莫德凯式的通过种族建构民族的模式"。

德隆达也是东西方文化的产物。德隆达由英国贵族雨果老爷(Sir Hugo)抚养长大,但是他对自己的真实出身一无所知,只怀疑是雨果的私生子。他接受过良好的英式教育,具有极强的同情心。但是在对人生的规划方面,德隆达却陷入迷茫,他不想和普通的英国绅士一样,选择攻读法律或者从事政治活动。雨果老爷曾经问他,"你不想做彻底的英国人吗?",德隆达回答,"我想成为一名英国人,但是我想理解其他的观点。我想摒弃在学问中只是英国的态度"。德隆达深刻认识到英国人的狭隘,并希望能去除英国人凡事唯我独尊的态度,摒弃民族偏见。德隆达还对母亲表示,他不会摒弃自己的教育背景,基督教式的同情不会消失,但是他的责任还在于尽可能与同胞融合在一起。在泰晤士河上泛舟之时,他挽救了犹太少女米拉的生命。在帮助米拉寻找失散多年的兄弟的过程中,他也开始探索犹太文化。与莫德凯的相遇更让他体会到莫德凯对犹太复国事业的热情。体弱多病的莫德凯一直在寻找一位合适的继承人:

"他必须是个犹太人,有才智,有道德热忱——这一切之中,还得天生乐意接受莫德凯的性情给他的灌输;但他的容貌必须出众,体格必须强健;一定是个谙熟社交生活一切优雅之道的人;他的生活必须过得充裕而自在，他的境况必须不为龌龊的贫困所苦。"

也就是说，犹太人的身份是第一要务，但是优雅之道和富裕的生活却是英国绅士的背景能给予德隆达的。爱默生曾经表示，"当今的英国人是世界上社交领域处境最佳的公民。他们是穿着便衣的国王。他们随时得到强有力的保护，结交最好的朋友，接受最良好的教育，并以财富为后盾"。德隆达是理想的救世主——犹太人和英国绅士的完美结合。"德隆达在19世纪融合东西方文化的尝试中占有一席之地"，德隆达的身份具有双重民族身份和遗产，从而超越了地区界限乃至国界，也超越了自私的视角，而指向整个世界，指向可能会包容所有人的未来。莫德凯建立新的国度也是在寻找一种建立新型共同体的可能，"在东方建立一个共同体以承载每个民族的文化和认同感，一个结束纷争的中立之地，如同比利时和西方的关系一般"。犹太教的《圣训》（shemah）就强调神圣的统一，并把人类的统一作为最高目标，在绝对统一中蕴含着部分，人类命运最终达到高度统一（Supreme Unity）的境界。爱略特笔下的莫迪凯超越了英国主流社会对犹太人的刻板想象，他既主张民族的独立性，又对其他民族持开放态度，是一种以民族性为核心的普世文化主张——即实现差异中的融合（separateness with communication），正因如此，莎弗（E. S. Shaffer）将这部小说称为"世界主义的宗教史诗"（233）。

小说中的"手与旗帜"俱乐部（Hand and Banner Club）也构想了一幅世界主义的图景，它的成员构成正体现出这一点。"纯正的英国血统在聚集的人群中并没有表现很突出"，"米勒（Miller）的祖父母来自德国，他自己很可能具有犹太人的血统"，科鲁普（Croop）是凯尔特人的后裔，巴肯（Buchan）是苏格兰人，帕什（Pash）和吉迪恩（Gideon）是犹太人，只有三个人是地道的英格兰人。他们都来自中下层社会（书商、制表商、鞋匠、书记员、马具商等），能够各抒己见，自由谈论对民族和发展的看法。尽管观点不一，却能畅所欲言，从而进一步暗示"英国性"是完全混合的产物或具有犹太身份的德隆达的加入更能体现出其多元化的一面。

早在《弗洛斯河上的磨坊》①的第二章中，爱略特在追溯圣奥格镇的历史时，也展示了英国混杂和多元化的历史渊源：

"自从罗马军团从山坡上的营地撤走，那些长头发的海盗大王来到这条河流，用凶恶、热切的眼光望着这一片肥沃的土地的时候起，这个市镇

---

① 译文参考祝庆英等人的版本，《弗洛斯河上的磨坊》，2008年版，上海译文出版社。其他引文均来自孙法理的译本。

就在河流和矮山当中建立和发展起来了,这是一个和湮灭时代有密切关系的市镇,英勇的撒克逊国王的影子,还偶尔在那儿走动,重温他年轻时候谈情说爱的旧梦,他碰到那个比他还要忧郁的可怕异教徒丹麦人的影子;丹麦人是在自己的战士中,给一个未经发觉的仇人用剑刺死的。……这间华丽的古厅是诺尔曼人造的……"

英国的历史是在不断与异族接触和交流中形成的。罗马人首先来这里驻扎军队,击败了蓝眼睛的不列颠人。罗马军团撤离之后英格兰又被日耳曼人、丹麦人、诺尔曼人征服,古厅也由不同的人修建,而它的多样性备受人们喜爱。爱略特在散文集中也主张生物的多样性和平等,"人类从来没有接受过整齐划一的教育,正是将人类分成不同的民族和种族才丰富并完善了人类对内在世界和外在世界的认识"。国内学者王宁曾经指出,世界主义可以从十个方面进行建构。爱略特的世界主义理想符合其中的一、二、三、五点,即一种共同体意识,它超越了狭隘的民族主义,主张多元文化的融合,并追求道德正义和普世的人文关怀,体现了"对外开放、包容和接受的胸襟"。

1850年,马克思的《共产党宣言》出版。他在其中指出,"民族的片面性和局限性日益成为不可能",并且描绘了一幅共产主义的美好图景。马克思有在伦敦生活四十多年的经历,而爱略特也是当时伦敦最活跃的文化名人之一。虽然两人并未有过私交,但是他们对美好社会的期许却是相通的。爱略特在强调乡土意识的同时,试图打破民族局限,为书写多元的"英国性"提供可能。也许她想要看到的是终有一天"白人、黑人、棕色人种或黄种人都不会受到迫害",所以"爱略特被称为维多利亚时代的世界主义小说家当之无愧"。

本章结语

爱略特在对英国共同体缺失的现状表达焦虑和批判的同时,还试图建立新的共同体文化。她对中部英格兰乡村的描写并不是为了怀旧或者表达中产阶级的保守主义思想,而是通过强调乡土的滋养培养一种扎根意识,使异化的群体重新找到情感的联结。同时共同体文化的建设离不开女性和他者的参与。女性在家庭空间和公共空间承担的责任维护了家庭和民族的完整。爱略特对他者的关怀使其超越对本民族命运的关照,体现出"英国性"中开放、多元化的一面。可以说,爱略特建构的"英国性"是一种以乡土意识为核心,辅以女性参与,兼具关怀他者的共同体文化。

参考文献

[1] 齐美尔. 货币哲学[M]. 许泽民, 译. 贵阳: 贵州人民出版社, 2009.

[2] 恩格斯. 英国工人阶级状况[M]. 中共中央编译局, 译. 北京: 人民出版社, 1956.

[3] 滕尼斯. 共同体与社会: 纯粹社会学的基本概念[M]. 林荣远, 译. 北京: 商务印书馆, 1999.

[4] 黑格尔. 法哲学原理[M]. 范扬, 张企泰, 译. 北京: 商务印书馆, 1997.

[5] 康德. 法的形而上学原理[M]. 沈叔平, 译. 北京: 商务印书馆, 1991.

[6] 马克思, 恩格斯. 共产党宣言[M]. 中共中央编译局. 北京: 人民出版社, 1997.

[7] 马克思, 恩格斯. 马克思恩格斯论艺术[M]. 曹葆华, 译. 北京: 中国社会科学出版社, 1982.

[8] 韦伯. 新教伦理与资本主义精神[M]. 于晓, 陈维纲, 等, 译. 北京: 三联书店, 1987.

[9] 洪堡特. 论人类语言结构的差异及其对人类精神发展的影响[M]. 姚小平, 译. 北京: 商务印书馆, 1999.

[10] 普希金. 普希金诗选[M]. 高莽, 译. 北京: 人民文学出版社, 2003.

[11] 费弗尔. 大地与人类演进: 地理学视野下的史学引论[M]. 高福进, 任玉雪, 侯洪颖, 译. 上海: 三联书店, 2012.

[12] 波伏瓦. 第二性[M]. 郑克鲁, 译. 上海: 上海译文出版社, 2011.

[13] 亚里士多德. 尼各马可伦理学[M]. 廖申白, 译注. 北京: 商务印书馆, 2003.

[14] 斯宾诺莎. 伦理学[M]. 贺麟, 译. 北京: 商务印书馆, 1998.

[15] 泰勒. 自我的根源: 现代认同的形成[M]. 韩震, 译. 南京: 译林出版社, 2001.

[16] 弗洛姆. 爱的艺术[M]. 李健鸣, 译. 上海: 上海译文出版社, 2008.

[17] 萨义德. 东方学[M]. 王宇根, 译. 北京: 三联书店, 2007.

[18] 爱默生. 英国人的特性[M]. 张其贵, 译. 北京: 中国社会科学出版

[19]盖伊.施尼茨勒的世纪:中产阶级文化的形成[M].梁永安,译.北京:北京大学出版社,2006.

[20]布鲁姆.西方正典[M].江宁康,译.南京:译林出版社,2015.

[21]欧文.见闻札记[M].费解,苏勇强,编译.西安:陕西人民出版社,2005.

[22]罗伯茨.[美]戴维·罗伯茨,[美]道格拉斯·R·比松.英国史(下册):1688—现在[M].潘兴明,译.北京:商务印书馆,2013.

[23]努斯鲍姆.诗性正义:文学想象与公共生活[M].丁晓东,译.北京:北京大学出版社,2010.

[24]麦金太尔.追寻美德:道德理论研究[M].宋继杰,译.南京:译林出版社,2011.

[25]兰瑟.虚构的权威女性作家与叙述声音[M].黄必康,译.北京:北京大学出版社,2002.

[26]桑塔格.疾病的隐喻[M].程巍,译.上海:上海译文出版社,2014.

[27]汤普森.英国工人阶级的形成(上下)[M].钱乘旦,等,译.南京:译林出版社,2013.

[28]利维斯.伟大的传统[M].袁伟,译.北京:三联书店,2009.

[29]霍布斯鲍姆.1789-1848:革命的年代[M].王章辉,等,译.北京:中信出版社,2014.

[30]霍布斯鲍姆.民族与民族主义[M].李金梅,译.上海:上海世纪出版集团,2006.

[31]边沁.道德与立法原理导论[M].时殷宏,译.北京:商务印书馆,2005.

[32]休谟.人性论[M].关文运,译.北京:商务印书馆,1996.

[33]伍尔夫.普通读者[M].刘炳善,译.北京:十月文艺出版社,2005.

[34]詹姆斯.英国风情[M].思齐,译.北京:东方出版社,2005.

[35]道森.中国变色龙——对于欧洲文化观的分析[M].常邵民,明毅,译.北京:时事出版社,1999.

[36]威廉斯.文化与社会[M].吴松江,张文定,译.北京:北京大学出版社,1991.

[37]威廉斯.乡村与城市[M].韩子满,等,译.北京:商务印书馆,2013.

[38]阿诺德.文化与无政府状态[M].韩敏中,译.北京:三联书店,2008.

[39]斯威夫特.图书馆里的古今之战[M].李春长,译.北京:华夏出版

社,2015.

[40]艾略特.仇与情[M].王央乐,译.北京:人民文学出版社,1988.

[41]艾略特.佛洛斯河磨坊[M].孙法理,译.南京:译林出版社,2002.

[42]艾略特.米德尔马契[M].项星耀,译.北京:人民文学出版社,1987.

[43]艾略特.亚当·比德[M].傅敬民,译.上海:复旦大学出版社,2011.

[44]艾略特.织工塞拉斯·马南[M].曹庸,译.上海:新文艺出版社,1957.

[45]斯迈尔斯.人生的职责[M].李柏光,等,译.北京:北京图书馆出版社,1999.

[46]伊格尔顿.历史中的政治、哲学、爱欲[M].马海良,译.北京:中国社会科学出版社,1999.

[47]伊格尔顿.甜蜜的暴力——悲剧的观念[M].方杰等,译.南京:南京大学出版社,2007.

[48]斯密.道德情操论[M].谢宗林,译.北京:中央编译出版社,2008.

[49]穆勒.功利主义[M].徐大建,译.北京:商务印书馆,2014.

[50]沃斯通克拉夫特.女权辩护:妇女的屈从地位[M].王蓁,译.北京:商务印书馆,1995.

[51]廖昌胤.悖论叙事:乔治·爱略特后期三部小说中的政治现代化悖论[M].北京:中国社会科学出版社,2007.

[52]马建军.乔治·爱略特研究[M].武汉:武汉大学出版社,2007.

[53]聂珍钊,杜鹃,唐红梅,等.英国文学的伦理学批评[M].武汉:华中师范大学出版社,2007.

[54]钱乘旦,许杰明.英国通史[M].上海:上海社会科学出版社,2002.

[55]殷企平.推敲"进步"话语[M].北京:商务印书馆,2009.

[56]张磊.肯认与焦虑——乔治·爱略特小说中音乐文化的意识形态研究[M].北京:中国国际广播出版社,2012.

[57]朱虹.英国小说的黄金时代[M].北京:中国社会科学出版社,1997.

[58]高晓玲."感受就是一种知识!"——乔治·爱略特作品中"感受"的认知作用[J].外国文学评论,2008(3):5-16.

[59]高晓玲.乔治·爱略特的转型焦虑[J].外国文学评论,2016(2):172-188.

[60]王宁.西方文论关键词:世界主义[J].外国文学,2014(1):96-105

+159.

[61]尹德祥.乔治·爱略特的认知选择——《米德尔马契》人物解析[J].国外文学,1996(4):56-62.

[62]张金凤.《丹尼尔·德隆达》中的"他者"形象与身份认同[J].外国文学,2011(4):91-97+159.

[63]罗杰鹦.英国小说中的视觉召唤[D].北京:中国美术学院,2010.

[64]A. S. Byatt and Nicholas Warren. "Thomas Carlyle." Selected Essays, Poems and Other Writings[M]. Harmondsworth:Penguin,1990.

[65]Altick, Richard D. Victorian People and Ideas[M]. New York: W. W. Norton and Company, 1973.

[66]Amanda Anderson, et al. The Cosmopolitan Eliot: The Companion to George Eliot[M]. Cambridge: Wiley-Blackwell, 2013.

[67]An, Ellen. The Women's Movement and Women's Employment in Nineteenth Century Britain[M]. London: Routledge, 1999.

[68]Antonie Gerard van den Broek. The Complete Shorter Poetry of George Eliot[M]. London: Pickering and Chatto, 2005.

[69]Armstrong, Isobel. Preface: The Cultural Place of George Eliot's Poetry[J]. George Eliot-George Henry Lewes Studies,2011(3):3-6.

[70]Auerbach, Nina, Ed. Karen Chase. Dorothea's Lost Dog[M]. Oxford: Oxford University Press, 2006.

[71]Banks, J. A., Olive Banks. Feminism and Family Planning in Victorian England[M]. New York: Schocken Books, 1964.

[72]Beaty, Jerome. The Forgotten Past of Will Ladislaw[J]. Nineteenth-Century Fiction, 1958(2):159-163.

[73]Beer, Gillian. This Particular Web: Essays on Middlemarch[M]. Toronto: University of Toronto Press, 1976.

[74]Bellringer, Allan W.. George Eliot[M]. Basingstoke: Macmillan, 1993.

[75]Bentley, Colene. Democratic Citizenship in Felix Holt[J]. Nineteenth-Century Contexts,2002(3): 271-589.

[76]Blind, Mathilde, George Eliot[M]. London: W. H. Allen, 1883.

[77]Bonaparte, Felicia. The Triptych & the Cross: The Central Myths of George Eliot's Poetic Imagination[M]. New York:NewYork University Press, 1979.

[78]Bourdieu, Pierre. Outline of a Theory of Practice[M]. Cambridge:

Cambridge University Press, 1977.

[79] Bulwer-Lytton, Edward. England and the English [M]. Chicago: University of Chicago Press, 1970.

[80] Byerly, Alison. "The Language of the Soul": George Eliot and Music [J]. Nineteenth-Century Literature, 1989(1): 1-17

[81] Byerly, Alison. Realism、Representation and the Arts in Nineteenth-Century Literature London[M]. Cambridge University Press, 2006.

[82] Caldwell, Janis Maclarten. Literature and Medicine in Nineteenth-Century Britain: from Mary Shelley to George Eliot [M]. Cambridge: Cambridge University Press, 2004.

[83] Carpenter, Mary Wilson. Medical Cosmopolitanism: Middlemarch, Cholera and the Pathologies of Masculinity [J]. Victorian Literature and Culture, 2010(2): 511-528.

[84] Carroll, Alicia. Dark Smiles: Race and Desire in George Eliot [M]. Athens: Ohio University Press, 2003.

[85] Carroll, David. George Eliot: The Critical Heritage [M]. London: Routledge, 1971.

[86] Charnon-Deutsch, Lou. The Spanish Gypsy: The History of a European Obsession[M]. University Park: Penn State University Press, 2004.

[87] Cheyette, Bryan. Constructions of "the Jew" in English Literature and Society[M]. Cambridge: Cambridge University Press, 1993.

[88] Coit, Emily. "This Immense Expense of Art": George Eliot and John Ruskin on Consumption and the Limits of Sympathy [J]. Nineteenth-Century Literature, 2010(2): 214-245.

[89] Collini, Stefan. Absent Minds: Intellectuals in Britain[M]. Oxford: Oxford University Press, 2006.

[90] Coovadia, Imraan. George Eliot's Realism and Adam Smith [J]. SEL, 2002(4): 819-835.

[91] Cruikshank, R. J. Charles Dickens and Early Victorian England[M]. London: Isaac Pitman, 1949.

[92] David, Deirdre. Intellectual Women and Victorian Patriarchy[M]. Ithaca: Cornell University Press, 1987.

[93] Davis, Michael. George Eliot and Nineteenth-Century Psychology: Exploring the Unmapped Country [M]. Aldershot: Ashgate, 2006

[94] Disraeli, B. Sybil, or the Two Nations[M]. London: Penguin, 1954.

[95] Dolin, Tim. George Eliot [M]. New York: Oxford University Press, 2005.

[96] Eagleton, Terry. Criticism and Ideology: A Study in Marxist Literary Theory[M]. London: Verso, 1976.

[97] Easthope, Antony. Englishness and National Culture[M]. London: Routledge, 1999.

[98] Eliot, George. Collected Poems[M]. London: Skoob Books Publisher, 1989.

[99] Eliot, George. Daniel Deronda[M]. Oxford: Clarendon, 1984.

[100] Eliot, George. Felix Holt[M]. Harmondsworth: Penguin, 1972.

[101] Eliot, George. Impressions of Theophrastus Such[M]. Boston: Estes and Lauriat, 1894.

[102] Eliot, George. Scenes of Clerical Life [M]. Oxford: Clarendon, 1985.

[103] Ermath, Elizabeth. George Eliot [M]. Boston: Twayne, 1985.

[104] Fisher, Philip. Making up Society: The Novels of George Eliot[M]. London: University of Pittsburgh Press, 1981.

[105] Freeman, Michael. Railways and the Victorian Imagination [M]. London: Yale University Press, 1999.

[106] Gallagher, Catherine. The Industrial Reformation of English Fiction [M]. Chicago: University of Chicago Press, 1980.

[107] Garson, Majorie. Moral Taste: Aesthetics, Subjectivity and Social Power in the Nineteenth-Century Novel[M]. Toronto: University of Toronto Press, 2007.

[108] George Eliot. George Eliot's Concept of Sympathy [M]. Nineteenth-Century Fiction, 1985.

[109] George Eliot and the Conflict of Interpretations [M]. Cambridge: Cambridge University Press, 1992.

[110] George Eliot. Darwin's Plots: Evolutionary Narrative in Darwin [J]. Cambridge: Cambridge University Press, 2009.

[111] Gervais, David. Literary Englands: Versions of Englishness in Modern Writing[M]. Cambridge: Cambridge University Press, 1993.

[112] Gikandi, Simon. Maps of Englishness: Writing Identity in the Culture of Colonialism[M]. New York: Columbia University Press, 1996.

[113] Gilbert, Sandra M. , Susan Gubar. The Madwoman in the Attic

[M]. New Haven: Yale University Press, 1979.

[114]Giles, Judy. Writing Englishness: 1900-1950[M]. London: Routledge, 1995.

[115]Gordon S. Haight. Selections from George Eliot's Letters[M]. New Haven: Yale University Press, 1985.

[116]Gordon S. Haight. The George Eliot Letters[M]. New Haven: Yale University Press, 1985.

[117]Graver, Suzanne. George Eliot and Community: A Study in Social Theory and Fictional Form [M]. Berkeley: California University Press, 1984

[118]Haight, Gordon S. George Eliot: A Biography [M]. Oxford: Clarendon, 1968.

[119]Harold Bloom. The Romance of George Eliot's Realism[M]. New York: Chelsea House Publishers, 1989.

[120]Helsinger, Elizabeth K. Rural Scenes and National Representation: Britain, 1815—1850[M]. Princeton: Princeton University Press, 1997.

[121] Henry, Nancy. George Eliot and the British Empire[M]. Cambridge: Cambridge University Press, 2002.

[123]Henry, Nancy. The Life of George Eliot[M]. Chichester: Wiley-Blackwell, 2015.

[124]Henson, Eithne. Landscape and Gender in the Novels of Brontë, Eliot, and Hardy [M]. Farham: Ashgate, 2011.

[125]Hewitt, Martin. "Class and Classes.": A Companion to Nineteenth-Century Britain[M]. Oxford: Blackwell, 2004.

[126]Houghton, Walter E. The Victorian Frame of Mind[M]. New Haven: Yale University Press, 1957.

[127]How to Read the Victorian Novel[M]. Malden: Blackwell, 2008.

[128]Hume, David. A Treatise of Human Nature[J]. Oxford: Oxford University Press, 1978.

[129]Hutton, R. H.. Unsigned Review [M]. London: Routledge, 1971.

[130]J. W. Cross. George Eliot's Life as Related in Her Letters and Journals[M]. London: William Blackwood and Sons, 1868.

[131]James, Henry. George Eliot's Middlemarch [J]. Nineteenth-Century Fiction, 1953(3): 161-170.

[132]Jane Irvin. George Eliot's Daniel Deronda Notebooks [M]. Cambridge: Cambridge University Press, 1996.

[133] Jedrzejewski, Jan. George Eliot [M]. London: Routledge, 2007.

[134] John Clark Pratt and Victor A. Newfeldt. George Eliot's Middlemarch Notebooks [M]. Berkeley: University of California Press 1997.

[135] Karl, Frederick R. George Eliot: Voice of a Century [M]. New York: W. W. Norton &Company, 1995.

[136] Keating, P. J.. The Working Classes in Victorian Fiction [M]. London: Routledge, 1971.

[137] Kendall, Gavin. The Sociology of Cosmopolitanism [M]. London: Macmillan, 2009.

[138] King, C. W.. Antique Gems [M]. London: John Murray, 1866.

[139] Kuehn, Julie. A Female Poetics of Empire: From Eliot to Woolf [M]. London: Routledge, 2014.

[140] Kurnick, David. Unspeakable George Eliot [J]. Victorian Literature and Culture 38, 2010(2): 489-509.

[141] Lamarra, Annamaria, Eleonora Federici, et al. Traditions and Cross-cultural Identities: Women's Writing in English ina European Context [M]. New York: Peter Lang, 2010.

[142] Langford, Paul. Englishness Identified: Manners and Character 1650-1850 [M]. Oxford: Oxford University Press, 2000.

[143] Lawrence, D. H.. Symbolic Meaning [M]. New York: Viking, 1964.

[144] Leavis, F. R.. Culture and Environment [M]. London: Chatto & Windus, 1933.

[145] Levine, George. Introduction: The Cambridge Companion to George Eliot [M]. Cambridge: Cambridge University Press, 2001.

[146] Levine, George. Realism, Ethics and Secularism: Essays on Victorian Literature and Science [M]. Cambridge: Cambridge University Press, 2008

[147] Levine, George. The Realist Imagination: English Fiction from Frankenstein to Lady Chatterley [M]. Chicago: University of Chicago Press, 1981.

[148] Linehan, Katherine Bailey. Mixed Politics: The Critique of Imperialism in Daniel Deronda [J]. Texas Studies in Literature and Language, 1992(3): 323-346.

[149] Lorimer, Douglas. Color, Class and the Victorians [M]. New York: Holmes and Merier Publishers, 1978.

[150] Lovesey, Oliver. Postcolonial George Eliot [M]. London: Palgrave

Macmillan, 2017.

[151] Lovesey, Oliver. The Other Woman in Daniel Deronda [J]. Studies in the Novel 30, 1998(4): 505-520.

[152] Luecke, Jane Marie. Ladislaw and the Middlemarch Vision [J]. Nineteenth-Century Fiction 19, 1964(1): 55-64.

[153] Margaret Harris and Judith Johnston. The Journals of George Eliot [M]. Cambridge: Cambridge University Press, 1998.

[154] Matus, Jill. Unstable Bodies: Victorian Representation of Sexuality and Maternity [M]. New York: St. Martin's, 1995.

[155] Mayall, David. Gypsy Identities: 1500—2000 [M]. London: Routledge, 2001.

[156] McCaw, Neil. George Eliot and Victorian Historiography [M]. Hundmills: Macmillan, 2000.

[157] McCormack, Kathleen. George Eliot's English Travels [M]. New York: Routledge, 2005.

[158] Meinig, Donald William. Symbolic Landscape: Some Idealizations of American Communities. [M]. Oxford: Oxford University Press, 1979.

[159] Meyer, Susan. Imperialism at Home: Race and Victorian Women's Fiction [M]. Ithaca: Cornell, 1994.

[160] Mill, John Stuart. Autobiography [M]. London: Penguin Books, 1989.

[161] Mill, John Stuart. Collected Works [M]. Toronto: University of Toronto Press, 1963.

[162] Miller, J. Hillis. Reading for Our Time: Adam Bede and Middlemarch Revisited [M]. Edinburgh: Edinburgh University Press, 2012.

[163] Mintz, Alan. George Eliot and the Novel of Vocation [M]. Cambridge: Harvard University Press, 1978.

[164] Moretti, Franco. Atlas of the European Novel 1800—1900 [M]. London: Verso, 1998.

[165] Newton, K. M. . George Eliot: Romantic Humanist [M]. London: Macmillan, 1981.

[166] Nord, Deborah Epstein. "Marks of Race": Gypsy Figures and Eccentric Femininity in Nineteenth-Century Women's Writing [J]. Victorian Studies, 1998(2): 189-210.

[167] Paris, Bernard. Experiments in Life: George Eliot's Quest for Val-

ues [M]. Detroit: Wayne University Press, 1965.

[168] Peers, Douglas M. Britain and Empire: A Companion to Nineteenth-Century Britain[M]. Oxford: Blackwell, 2004.

[169] Petch, Simon. Law, Equity, and Conscience in Victorian England [J]. Victorian Literature and Culture. 1997(1): 123-139.

[170] Poovey, Mary. A History of the Modern Fact: Problems of Knowledge in the Sciences of Wealthand Society[M]. Chicago: University of Chicago Press, 1998.

[171] Porter, Roy. Body Politics: Disease, Death and Doctors in Britain: 1650-1900[M]. London: Peation Books, 2001.

[172] Public Moralists: Political Thought and Intellectual Life in Britain 1850—1930: Stefan Collini[M]. Oxford: Clarendon, 1993

[173] Queener, Jessica A. Victorians Thinking Globally: Identity and Empire in Middle-Class Reading[D]. Diss. West Virginia University, 2015.

[174] Raskin, Jonah. The Mythology of Imperialism: A Reactionary Critique of British Literature and Society in the Modern Age[M]. New York: Monthly Review, 2009.

[175] Richardson, Joanna and Andrew Ryder, eds. Gypsies and Travelers [M]. Bristol: Policy, 2012.

[176] Rignall, John, Oxford Reader's Companion to George Eliot [M]. Oxford: Oxford University Press, 2000.

[177] Roberts, F. David. The Social Conscience of the Early Victorians [M]. California: Stanford University Press, 2002.

[178] Rodensky, Lisa. The Crime in Mind: Criminal Responsibility and the Victorian Novel [M]. Oxford: Oxford University Press, 2003.

[179] Rose, Natalie. The Englishness of a Gentleman: Illegitimacy and Racein Daniel Deronda [M]. Toronto: University of Toronto Press, 2007

[180] Ruskin, John. Sesame and Lilies [M]. New York: Cambridge University Press, 2009.

[181] Shaffer, Elinor S. Kubla Khan and the Fall of Jerusalem [J]. Cambridge: Cambridge University Press, 1975.

[182] Sherwood, Marion. Tennyson and the Fabrication of Englishness [M]. Basingstoke: Palgrave Macmillan, 2013.

[183] Showalter, Elaine. A Literature of Their Own[M]. Princeton: Princeton University Press, 1977.

[184] Simpson, J. A.. The Oxford English Dictionary[M]. Oxford: Clarendon, 1989.

[185] Smyth, Gerry. Music in Contemporary British Fiction: Listening to the Novel[M]. New York: Palgrave Macmillan, 2008.

[186] Sousa Correa, Delia de. George Eliot, Music and Victorian Culture [M]. New York: Palgrave, 2003.

[187] Stephen, Leslie. George Eliot [J]. London: Macmillan, 1902.

[188] Stone, Donald D. The Romantic Impulse in Victorian Fiction [M]. Cambridge: Harvard University Press, 1980.

[189] Stone, Wilfred. The Play of Chance and Ego in Daniel Deronda [J]. Nineteenth-Century Literature, 1998(1): 25-55.

[190] Stuart, James. Reminiscences [M]. London: Cassell, 1912.

[191] Surridge, Lisa. Bleak Houses: Marital Violence in Victorian Fiction [M]. Athens: Ohio University Press, 2005.

[192] Szirotny, June Skye. George Eliot's Feminism: The Right to Rebellion [M]. Basingstoke: Palgrave Macmillan, 2015.

[193] Thackeray, William. Rounabout Papers—No. Ⅷ. De Juventute[J]. Cornhill Magazine, 1860(2):501-512.

[194] The English Novel: An Introduction [M]. Malden: Blackwell, 2005.

[195] Thomas Pinney. Essays of George Eliot [M]. London: Routledge, 1963.

[196] Thompson, Andrew. George Eliot and Italy [M]. London: Macmillan, 1998.

[197] Tompkins, J. M. S.. The Popular Novel in England[M]. London: Constable & Co. Ltd., 1932.

[198] Volkova, Inna. Public Spaces and the Political Underworld in George Eliot's Felix Holt, the Radical [J]. George Eliotand George-Henry Lewes Studies, 2009(57):119-132.

[199] Willey, Basil. Nineteenth-Century Studies [M]. Cambridge: Cambridge University Press, 1949.

[200] Williams, Raymond. The English Novel: From Dickens to Lawrence [M]. London: Chatto and Windus, 1970.

[201] Williams, Wendy S. George Eliot Poetess [M]. Burlington: Ashgate, 2014.

[202] Young, G. M.. Victorian England: Portrait of an Age[M]. London: Oxford University Press, 1977.

[203] Yuval-Davis, Nira and Floya Anthias. Woman-Nation-State[M]. Basingstoke: Macmillan, 1989.

附录一

21世纪以来西方乔治·爱略特研究述评

乔治·爱略特（George Eliot, 1819-1880）是英国维多利亚时期最出色的小说家之一，她大器晚成，却为后世留下了丰富的精神遗产。她一生共创作7部长篇小说，2篇短篇小说，1部中篇小说集和少量的诗歌及散文作品。詹姆斯（Henry James）对爱略特给予了高度评价，"从那些书页中升腾起一种高尚道德的芬芳；一种对正义、真理和光明的热爱；一种待人处事的博大宽宏；一种要为人类良心的暗昧之处高攀火炬的不懈努力"。作为最能代表英国文学伟大传统的小说家之一，爱略特一直是中西方学术界的研究热点，有关她的学术成果也不断涌现，呈现出"众声喧哗"的"热闹"景象。国内学者对爱略特的研究文献也进行了有效的整理，指出当代爱略特研究出现了"政治和文化转向"，"《米德尔马契》是一部充满反论和诸多可能性的作品"。但是21世纪以来，西方学界又涌现了哪些成果？这些著作又体现了哪些特点？它们又能为国内的爱略特研究提供哪些参考呢？笔者希望通过对新世纪爱略特研究成果的梳理，从传记研究、文论视野下的多元阐释、跨学科研究和诗歌研究四个方面，总结过去的成果，分析其不足和缺点，为中国文学界提供建议和参考。

1. 传记研究：全景和特写的结合

传记研究是比较传统的研究方法，但是在21世纪这一方法又重新焕发出了生命力。近年来爱略特的传记批评更注重结合当代全球化语境，对爱略特的哲学思想、生活经历和感情生活也有了新的认识，既有对爱略特一生整体性的把握，又有对个别时期进行的微观审视。迄今为止，学者分别从女性主义、心理分析、后结构主义等角度书写了爱略特的传记。与以往传记不同的是，亨利（Nancy Henry）关注到了一些以前学者未解决的问题：她认为"爱略特对母亲话题的沉默是对失去母亲的痛苦经历的反映"同时她还质疑了海特（Gordon S. Haight）在爱略特传记中的性别偏见，特别质疑了海特对爱略特在婚姻和两性问题的沉默。亨利认为爱略特是离不开男性、具有依赖性的女作家这一观点有失偏颇。弗莱斯曼（Avrom Fleishman）在《爱略特的智性生活》（George Eliot's Intellectual Life）一书中把主要精力放在追溯爱略特哲学思想的演变过程，即从早期的基督教文化，到失去信仰，培养更人文、更进步的世界观，再到书写引人深思的小说。她的小说囊括了广阔的历史背景、寓意深刻的政治指涉、英国社会的全景式观察以及民族复兴的展望。在总结爱略特一生发展轨迹的同时，作者也有一些修正性的看法，比如他认为刘易斯和孔德（Auguste Comte）对爱略特并没有起到太大的作用，反而是穆勒（John Mill）对爱略特的思想影响很深，因为两人都赞同以己度人的反思对人类发展有推动作用。在《恋爱中的乔治·爱略特》（George Eliot in Love）一书中，作者马多克斯（Brenda Maddox）把爱略特的一生写成了爱的故事和励志故事，正如爱略特在日记中写道，"我们在爱和陪伴中获得了这么多的快乐，所以我们也必须接受疾病的痛苦也是人生的一部分"。该书通俗易懂，不足在于缺乏一定的学术创新和知识含量。

除了以上3部对爱略特的一生进行整体研究的专著之外，还有一些学者把目光集中在爱略特人生中的某些关键时期，比如罗德-博尔顿（Gerlinde Roder-Bolton）把视野转向了爱略特从1854年6月到1855年5月在德国的经历。这段时间被称为爱略特和刘易斯的蜜月期，主要包括他们在魏玛、法兰克福和柏林的旅行。罗德-博尔顿详实地再现了当时的历史和文化语境，以及他们的社会交往情况。他们融入德国学术界的经历为爱略特的小说创作和刘易斯的学术研究都打下了良好的基础。麦考马克（Kathleen McCormack）在《爱略特的英国之行：集合式人物和编码式交流》（George Eliot's English Travels: Composite Characters and Coded Communications）一书中，通过体验爱略特的旅行经历，找到了其作品中的人物原型。作者修正了从爱略特的青少年时期寻找其小说背景和人物原型的传统观念，她聚焦于爱略特成年之后的旅行经历，以此证明爱略特的这一经历为她提供了丰富的人物原型和背景。但是她认为爱略特小说中的人物和实际生活中的人物并不是一一对应的关系，同时小说也是她与好友的交流方式。随后，该作者于2013年出版了另一部专著《社会中的爱略特：海外旅行和在普里奥里的周末》（George Eliot in Society: Travels Abroad and Sundays at the Priory），该书主要集中在19世纪60-70年代爱略特事业巅峰期的海外旅行和周末沙龙活动，为读者展现了一个热爱社交、广交好友和善于倾听的女性形象。与前两者聚焦爱略特旅行经历不同的是，迪兰（Fionnuaia Dillane）更关注爱略特的工作经历。作者谈及了爱略特早期从事期刊出版行业对其后期写作和成名的影响。这一跨学科研究讨论了从1840年末到1850年末期间，爱略特作为记者、编辑和连载小说的作者对其后期发展的重要性，因为这有助于爱略特了解读者群的构成、文学体裁的发展和文学名人的培养。爱略特调和了不同角色来娱乐并教化中产阶级读者，同时在出版行业的人际交往也有助于她后期的成名。

不仅如此，批评家还收集了爱略特的笔记和他人的回忆录，如《新乔治·爱略特笔记：附前言和注释》(*A New George Eliot's notebook*: *An edition with and introduction and notes*)、《乔治·爱略特：采访集和回忆录》(*George Eliot*: *Interviews and Recollections*)。前者记录了爱略特整理刘易斯遗作的过程，后者通过他人的回忆展示了一个更加立体的作家形象。同时，考林斯（K. K. Collins）还整理了宗教界对爱略特去世的看法。他表示信仰是由当时的宗教界所建构的，是"含糊不清的事"。

从上述研究可以看出，爱略特的传记批评呈现出以下几个特征：首先，对爱略特的生平进行整体评估，寻找到了更多与其创作思想和社会观念一脉相承的例证，更加公正、客观。其次，学者关注到了一些被人忽视的重要时期，特别是爱略特成名前的旅行经历对其今后艺术生涯的促进作用。此外，学者试图解决一些曾经有争议的话题，挖掘到了爱略特家庭生活和婚姻生活鲜为人知的一面，呈现出了一个更加鲜活的作家形象，从而为读者深入理解其作品的思想内涵提供了重要的参考。

2. 文论视野下的多元阐释

随着西方文论的兴起，用文学理论阐释作品成为一种潮流，21世纪的爱略特研究更关注其作品中的现代主义和后现代主义元素。对爱略特作品的阐释主要从以下几个方面展开：女性主义、心理分析、后殖民批评、后结构主义以及文化研究。

女性主义视角：马哈瓦特（Royce Mahawatte）通过对爱略特的小说和哥特式小说的探讨，将爱略特从现实主义作家的地位拓宽到更丰富的维多利亚时代的文学景观中。她对爱略特的小说重新进行了评价，并与18、19世纪的哥特小说做了对比。爱略特小说充满了哥特式的比喻（Gothic tropes），如被禁闭的女主人公、幽灵（doppelgangers）、吸血鬼般的古怪。同时，作者还认为爱略特的哥特小说的手法蕴含着性别和情感的表征，并起到了道德凝聚力的作用。尽管批评界对爱略特的女性观说法不一，但是在《乔治·爱略特的女性主义：反叛的权力》(*George Eliot's Feminism*: *"The Right to Rebellion"*) 一书中，西罗特妮（June Skye Szirotny）还是把爱略特归于女性主义者的阵营，并将她称为"保守的具有改革精神的知识分子"（"conservative-reforming intellect"），原因有二：一是爱略特的作品体现了从对女性反抗的排斥到支持的转变,二是她的每一部作品都支持当时女性运动以此来为妇女争取在婚姻、教育、职业、子女赡养方面的自主权。该书的亮点在于,几乎将爱略特的所有作品一网打尽,包括其早期的中篇小说《珍妮特的忏悔》("Janet's Repentance")和诗剧《西班牙的吉普赛人》(The Spanish Gypsy)。西罗特妮把《西班牙的吉普赛人》作为爱略特女性主义写作历程的转折点,前三部小说以妥协结束,后三部作品以叛逆结束。

心理分析:40多年前,帕里斯(Bernard J. Paris)曾经书写《生活的实验:爱略特的价值追求》(Experiments in Life: George Eliot's Quest for Values)一书来探讨爱略特的思想史,如今作者对爱略特的思想进行了再思考,写成了新书《重读爱略特:对其生活实验认识的变更》(Rereading George Eliot: Changing Responses to Her Experiments in Life),他借用霍妮(Karen Horney)的心理治疗理论来解析《米德尔马契》和《丹尼尔·德隆达》两部小说中女主人公的心灵创伤和挫败感。戴维斯(Michael Davis)同样认为爱略特受到心理学的影响,并认为"心灵既可能具有正面的道德力量,又是激进的,甚至是具有破坏性的自我主义异化的根源"。同时每个心灵都是一个复杂的有机体,离不开社会和物质媒介,但又是独立的实体,心灵和情感正是在个人和社会的互动中形成了动态的关系。

后结构主义:这一流派的大家可以说非米勒(Hillis J. Miller)莫属,他的专著《为我们的时代而读:重读〈亚当·比德〉和〈米德尔马契〉》(Reading for Our Time: Adam Bede and Middlemarch Revisited)结合当代民族和政治危机的背景,采用解构主义的视角对爱略特的两部小说进行了全新的解读。他把这本书看成是"羊皮纸(palimpsest),多层次的,不断改写的,在某种程度上是十分开放的"。他的解读展示了现实主义的失真,并指出最好的阅读必须能预见抵制、反阅读、置换。马扎海里(J. H. Mazaheri)在《爱略特在〈织工马南〉中的精神之旅》(George Eliot's Spiritual Quest in Silas Marner)一书中,用后现代的视角解构了爱略特的宗教观。他认为爱略特受到了柯勒律治和华兹华斯的影响,但同时她的宗教思想中还有克尔恺郭尔(Kierkegaard)和施莱尔马赫(Schleiermacher)的影子。

后殖民批评:亨利(Nancy Henry)在《乔治·爱略特和大英帝国》(George Eliot and the British Empire)一书中,将爱略特的生平和作品置于19世纪中期英国的殖民主义和帝国主义活动的语境当中,就爱略特的海外投资事业、与去殖民地冒险的刘易斯之子的交流和对殖民文学的阅读对爱略特写作的影响进行研究。与萨义德把爱略特看成是帝国主义者不同的是,作者重新审视了后殖民批评和维多利亚小说的关系,认为《丹尼尔·

德隆达》"既有博爱性又有民族性"。这一新视角澄清了爱略特作品中对帝国的指涉、她的现实主义、道德观和民族身份问题。不足的是,作者过于注重爱略特的生平而忽略了文本的解读。在《黑色微笑:乔治·爱略特作品中的种族和欲望》(Dark Smiles: Race and Desire in George Eliot)一书中,作者卡罗尔(Alicia Carroll)探讨了种族问题,她认为爱略特并不是帝国价值观的支持者,因为其作品中都有他者的存在,并且具有性欲望的指涉,爱略特对他者的刻画打破了种族界限和文化牢笼,挑战了传统的家庭观念,颠覆了"具有殖民主义和家庭意识形态的男性中心主义的情节"。可以看出作者将种族和女性问题结合在一起更深刻地烛照出爱略特对帝国主义的批判。纳布海和牛顿(Saleel Nurbhai and K. M. Newton)合著的《犹太教和小说:犹太神话和神秘主义》(Judaism and the Novels: Jewish Myth and Mysticism)也关注到了犹太民族的问题,但他们并没有谈及种族身份和压抑的问题,而是通过对犹太神话的探讨,展示了爱略特小说中寓言和神话色彩的一致性(allegorical and mythical unity),从而将个人、民族、甚至超民族的问题联系在了一起。爱略特对神话的兴趣表明了她提升小说地位的尝试,使小说与希腊悲剧和史诗具有同等的高度,从而表明爱略特的作品形式并不拘泥于现实主义的传统。三者虽然都在谈论种族问题和帝国主义,但是亨利主要采用的是传记批评的方法,卡罗尔把女性问题融入其中,而纳布海从创作艺术的维度来解析爱略特与种族的关系。

　　文化研究:文化研究虽然不属于文学理论,但它也是在文论兴起后的又一热点,鉴于两者之间的密切关联,暂时也将其归在该标题之下来论述。结合19世纪的哲学思潮和爱略特的写作手法,作者牛顿(K. M. Newton)找到了爱略特与现代主义和文化批评的关联,使读者在当代的语境下更好地了解爱略特的整体艺术思想。在其专著《爱略特的现代化:作为艺术家、文人、现代主义者先驱、文化评论家的作家》(Modernizing George Eliot: The Writer as Artist, Intellectual, Proto-Modernist, Cultural Critic)中,他将更多的笔墨放在《丹尼尔·德隆达》上,以此来证明爱略特走在艺术和思想现代化道路的前沿,因为其涉及了当代的热门话题,包括身份、种族、殖民主义等。他还提醒读者更细致地从艺术手法中看待爱略特的哲学和伦理思想,因为小说的叙述者并不一定代表了爱略特本人的观点。该书最大的亮点在于从艺术创作、社会思想两个方面比较全面地阐释了爱略特与当代文艺思潮的密切关联,无怪乎武弗雷(Julian Wolfrey)称赞该书为50年来最重要的研究文献之一。蔡斯(Karen Chase)也关注到了爱略特的现代化问题,所以编辑了一本《21世纪的〈米德尔马契〉》(Middlemarch in the 21st Century)。此书是8篇论文的合集,全部是对《米德尔马契》的最新解读，它们的共同之处在于，"对这部小说的敬仰已经一百多年了，现在更需要做的是反其道而为之"。编者用了"不敬"一词来强调本书的新颖之处。著者分别论述了小说的"物质性"（materiality）、性别选择、神话原型、女性叙事权威、多萝西娅的残忍、影视改编等话题。

总体来说，在西方文论的多元阐释下，爱略特研究得到了空前的发展，学者探寻了与当代语境密切相关的话题，包括女性身份、民族解放、后现代书写等，这些都离不开对爱略特作品的持续关注，进一步证明了爱略特的人文情怀和其艺术世界的丰富性。

3. 跨学科和影响研究异军突起

除了传记研究和文学理论视域下的全新阐释外，西方学界还从不同学科以及不同文学背景来进一步挖掘爱略特作品的深刻内涵。跨学科研究主要包括爱略特与科技、绘画、音乐、医学、经济学等学科的关系。同时爱略特的影响研究既有与个别文学家的对照，也有和不同文学传统的比较，但是与以往的影响研究不同的是，新时代的西方学界更在乎的是动态的比较，强调其对话关系，也可以说是互文性研究。

跨学科研究：首先涉及科技方面的著作有《维多利亚时代的动力技术》（*Technologies of Power in the Victorian Period*）和《电报式的现实主义：维多利亚小说和其他信息系统》（*Telegraphic Realism: Victorian Fiction and Other Information Systems*）。前者的作者穆雷（John Condon Murray）认为，19世纪技术侵入公共领域影响了人们的交流方式，《菲利克斯·霍尔特》（*Felix Holt*）就描述了男主人公通过新技术而不是更广阔的历史话语来抵制寻求改革的方式。后者的作者蒙克（Richard Menke）通过《撩起的面纱》（*The Lifted Veil*）这部中篇小说，探讨了爱略特的现实主义手法如何受到了新科技的影响，尤其是摄影技术。凯德威尔（Janis Maclarten Caldwell）再现了当代的医学争论之一，即医生是应该依靠病人自己对病情的叙述还是依靠医生自己的知识对病情进行诊断。爱略特的小说体现了如何平衡情感投入与疏离的问题。雷恩斯（Melissa Anne Raines）借鉴当时的生理学理论（包括斯宾塞、刘易斯、达尔文的观点），通过对爱略特手稿的研究，从语法和标点的层面讨论爱略特的小说。她认为破折号象征着玛吉思想上渴求交流的时刻，而冒号与提托的道德沦丧相联系。科尔曼（Dermot Coleman）从经济学角度，结合自身的投资经历和当下经济危机的背景研究了爱略特有关金钱的关系。他认为经济因素是爱略特道德观形成的重要因素。他还详细叙述了爱略特的智力活动与政治经济学、功利主义和新自由主义的互动，小说中主人公的经济选择与不同的道德体系相呼应。同时爱略特的社会和政治思想与经济制度相适应，正如他所说的那样，"爱略特的自我实现观念取决于和促进共同善之间的调和，有必要的话，需要国家干预"。有关研究爱略特艺术关系的著作有科雷亚（Delia da Sousa Correa）的《乔治·爱略特、音乐和维多利亚文化》（George Eliot, Music and Victorian Culture）。作者认为爱略特对音乐的兴趣受到了斯宾塞提出的音乐进化论的影响，爱略特将音乐看作"同情式交流的有效方式"。该书强调音乐、科学话语、意识形态三者之间互动，并通过分析两部小说，指出玛吉的悲剧，再现了欲望和现实矛盾的不可调和性，从而质疑了斯宾塞的进步观。该书还指出在《丹尼尔·德隆达》中，作者通过音乐的隐喻批判了英国狭隘的文化生活以及女性被商品化的现实。

影响研究：这方面的著作主要聚焦于爱略特欧洲旅行的经历以及爱略特对欧洲文学传统的继承和发展，代表作有：雷格诺（John Rignall）的《爱略特：欧洲作家》（George Eliot, the European Novelist）和古斯（Deborah Guth）的《爱略特与席勒：互文性和跨文化话语》（George Eliot and Schiller: Intertextuality and Cross-cultural Discourse）。雷格诺指出爱略特不仅是能代表英国文学传统的文学巨匠，更是一位欧洲作家。同时"旅行的主题不仅可以暴露英国生活的局限，还能起到塑造自我的作用"。爱略特小说中的旅行情节对应了现代生活的状况：无根性、国际主义、流动资本等。作者特别注意到了爱略特与现代主义的关联，他写道，"《丹尼尔·德隆达》处在现实主义传统和现代主义变革的夹缝中，一面是巴尔扎克和福楼拜，一面是普鲁斯特"。古斯表示爱略特和席勒的相似之处在于道德观的一致以及对人类超越无序和唯我论的信心。同时，爱略特还继承了席勒的浪漫主义情怀和语言风格，并与自己的现实主义手法进行调和，达到了新的平衡。其他学者也出版过类似的专著，比如纳多（Anna K. Nardo）在《爱略特与弥尔顿的对话》（George Eliot's Dialogue with John Milton）中就探讨了爱略特的创作和弥尔顿的互动关系。作者认为爱略特将其看成文学之父，但是她通过塑造巴尔多、卡苏朋、萨伏纳洛拉等形象进行反书写来挑战弥尔顿的田园意识，并通过将弥尔顿式的英雄（Miltonic hero）刻画成女性来重新定义英雄主义和救赎的概念。穆勒（Monika Mueller）通过将爱略特的小说《亚当·比德》《罗慕拉》《丹尼尔·德隆达》与美国三位小说家玛格丽特·富勒、霍桑、斯托夫人对比，追溯了美国作家对爱略特作品的影响以及英美两国作家对性别、文化和种族的"他性"的认识。作者更加强调的是两国作家在主题方面的相似性，但忽视了勾勒文学交流的路线图。此外，约翰斯通（Judith Johnston）还将中世纪主义（Medievalism

和19世纪的政治话语进行对比,以此来突出爱略特如何受到了骑士小说(novel of chivalry)的影响,使看起来不可能的人物塑造和事件变得真实可信。

从上述分析可以看出,爱略特研究的领域已经不再局限于纯文本分析,而是更加注重与当下语境的结合,并且跨越了英国本土的疆界,强调爱略特与世界文学和文化的交叉和融合,从而寻找到了不同的突破口。

4. 奋起直追的诗歌研究及其他

爱略特的小说一直受到国内外学者和读者的喜爱,但是诗歌研究并没有引起真正的重视,长期处于"隐身"状态,1971年卡罗尔(David Carroll)编著的《乔治·爱略特:批评的遗产》(*George Eliot: The Critical Heritage*)收录的文学评论中没有一篇对爱略特诗歌的论述。直到1989年,西方学界才出版了第一部爱略特诗集。1996年哈钦森(Stuart Hutchinson)编辑了三卷本的《乔治·爱略特:批评的评估》(*George Eliot: The Critical Assessments*),其中也只收录了19世纪的10篇比较简短的诗评。虽然也有学者称赞爱略特的诗歌具有丁尼生作品中的"精密和雕塑般的完美",但豪威尔斯(W. D. Howells)观点更具代表性。他认为爱略特的诗歌暴露了自身对诗歌艺术的不熟悉,并且在韵律上犯了一些错误。也许这正是爱略特的诗歌不受重视的原因之一。但是,这并不能说明爱略特的诗歌研究还是一片空白。其实早在80年代,吉尔伯特和古芭(Sandra M. Gilbert and Susan Gubar)在《阁楼上的疯女人》(*Madwoman in the Attic*)就从女性主义的视角分析了爱略特的几首诗歌,来说明女性在传统角色和艺术事业之间的艰难选择。比尔(Gillian Beer)和布拉迪(Kristin Brady)也分别在专著中谈及了爱略特诗歌中体现的对女性的矛盾态度。可见爱略特的诗歌研究散见于个别专著和论文中,成为爱略特研究中"沉默的小伙伴"。还有学者关注到了诗剧《西班牙的吉普赛人》中的民族问题,但是这些评论都比较零散,还没有对爱略特的诗歌进行大规模的整体研究。直到21世纪,这种现象才有所改观,2005年和2008年西方学界分别出版了由布洛克(Antonie Gerard van den Broek)重新校对编写的《爱略特短诗全集》(*The Complete Shorter Poetry of George Eliot*)以及《西班牙的吉普赛人》(*The Spanish Gypsy*),书中包含了详细的注释和各文本差异,成为研究者的权威版本。2011年《爱略特—刘易斯研究》(*George Eliot - George Henry Lewes Studies*)杂志推出了题为"爱略特诗歌的文化定位"专栏,集中讨论了爱略特诗歌中的非传统女性观与形式上的实验。2014年威廉斯(Wendy S. Williams)的著作《爱略特:女诗人》(*George Eliot, Poetess*)是西方学界

第一部研究爱略特诗歌的专著。该书的亮点之一是，囊括了一些鲜为人知的诗歌，如《艾莉娜》（"*Erinna*"）,《丽萨如何爱过国王》（"*How Lisa Loved the King*"）,《啊！多希望加入无形的合唱》（"*O May I Join the Choir Invisible*"）,《在大自然给予人类丰厚馈赠之间》（"*Mid the Rich Store of Nature's Gifts to Man*"）。作者希望从爱略特的诗歌分析中展示爱略特如何用特定的女性诗人身份而不是通过正统的宗教信仰来提出她的同情学说，从而还读者一个更完整、更准确的作家形象。她还具体谈到了爱略特对妇女问题既进步又传统的一面，以及女性群体和母性的问题。该书的另一亮点是，在结尾处提出了一些对未来研究的宝贵建议，比如小说与诗歌交叉的主题、卷首语中爱略特自创的诗歌、诗歌中镶嵌的诗歌等。

除了诗歌研究之外，21世纪还出版了一些导读性质的著作，比如莱文（George Levine）主编的《剑桥乔治·爱略特导读》（*Cambridge Companion to George Eliot*）、哈里斯（Margaret Harris）主编的《语境中的乔治·爱略特》（*George Eliot in Context*），两本书都是由不同作者的文章分章节集合而成，但是后者更注重"语境"这一概念，所以除了介绍爱略特的生平、作品、批评史之外，还展示了维多利亚时代的风土人情，包括服饰、装潢、戏院等。还值得一提的是，2013年出版、由安德森和肖（Amanda Anderson and Harry E. Shaw）主编的《乔治·爱略特导读》（*A Companion to George Eliot*）更全面、更前沿，还特别提到了爱略特与美国女性主义、非洲族裔批评的关系，呈现出了跨大西洋的文化视野。本书的一些前沿性观点也值得参考，比如爱略特的作品甚至可以用酷儿理论分析，从而打破了传统的异性恋讨论模式；爱略特的最后一部小说具有科幻小说的潜质等。

5. 结语

综上所述，西方爱略特研究在新世纪出现了百花齐放、与时俱进的特点，学术界将爱略特的哲学思想、生活经历、美学创作、社会观念都一一作了深入细致的研究。他们谈论的话题包括性别、阶级、民族等，既谈到了爱略特作品中传统的道德观和人文主义关怀，又对爱略特作品中含混和矛盾地方有了深刻的认知。这些不同的研究方法和研究视角形成向前的合力，推动了爱略特研究大潮的兴起。但是不足之处在于，诗歌和短篇小说研究还并未真正进入批评界的视野，出现了重小说轻诗歌的局面。相对于西方学术成果的高产性，中国学界也一直将爱略特研究当作热点，据统计，国内出版的爱略特研究专著共9本，主要从伦理学、现实主义、女性主义、文化研究、心理分析、空间批评、马克思主义等角度展开对爱略特美学思想和社会理念的探究，给读者展现了一个既激进又保守、既浪漫又现实、既关注文本又关注社会现实的小说家形象。除专著外，硕博论文和期刊论文更是高达几百篇。但是中国的爱略特研究也存在着不少问题，比如角度单一，不少论文主要集中在对其女性主义方面的解读，涉及的主题也主要是道德和宗教两个方面，重复劳动过多，而爱略特的短篇小说和诗歌很少被中国学者提及并研究。另外，还存在着对文学理论生搬硬套的弊端，缺乏原创性的观点。最后，忽视跨学科研究和全球化语境也是一个不争的事实。希望以后中国学界可以在以下几个方面努力或改进：

（1）加强爱略特作品的翻译工作。爱略特的两部长篇小说《丹尼尔·德隆达》和《菲利克斯·霍尔特》还没有中文译本，她的短篇小说、中篇小说集以及诗歌和传记也没有完全引起翻译界的重视，学界可以首先从译介工作做起，促进爱略特作品的传播。

（2）注重文本细读，从文本出发，而不是从理论出发，盲目跟风，从而避免对作品的误读和过度阐释。

（3）结合全球化的语境，了解西方研究动态，具有跨学科视野，争取在这些共同关心的问题上实现与西方学界的良性对话。

（4）从自身语境和感受出发，找到真正的问题，结合中国的实际，吸收和借鉴西方的最新成果为我所用，体现中国特色。

希望通过对 21 世纪西方爱略特研究成果的梳理，为今后中国学者的研究工作提出一点建议和参考，使中国学界能在爱略特研究方面做出自己的贡献，促进国际交流。

注：本部分的主要内容已于 2016 年发表在《当代外国文学》的第 2 期，具体页码见 138-144 页。

附录二

21世纪以来国内五大外国文学核心期刊爱略特研究汇总

作者	论文题目	发表刊物及时间
龙艳	"沉默的背后"——乔治·爱略特两部小说中的基督信仰与男性神学话语压制	外国文学 2002年第1期
陈蕾蕾	乔治·爱略特早期作品的新历史主义解读	外国文学研究 2002年第1期
崔东	记忆——乔治·爱略特人物个性的连续性展现	外国文学研究 2003年第4期
殷企平	互文和"鬼魂":多萝西娅的选择——再访《米德尔马契》	外国文学评论 2004年第1期
李安	论《织工马南传》的孤独主题	外国文学研究 2004年第1期
杜隽	论《牧师情史》的"人本宗教"道德	外国文学研究 2004年第1期
乔修峰	《罗慕拉》:出走的重复与责任概念的重建	外国文学评论 2005年第2期
廖昌胤	《弗洛斯河磨坊》"败笔"质疑	外国文学 2005年第4期
殷企平	过去是一面镜子:《亚当·比德》中的社会伦理问题	外国文学研究 2007年第1期
朱桃香	《米德尔马契:外省生活研究》的叙述形式研究	外国文学研究 2007年第3期
毛亮	历史与伦理:乔治·爱略特的《罗慕拉》	外国文学评论 2008年第2期
杨莉馨	灵魂的撕扯与爱略特小说的内在矛盾	外国文学评论 2008年第2期

续表

作者	论文题目	发表刊物及时间
高晓玲	乔治·爱略特的"情感"观念	国外文学 2008年第2期
高晓玲	"感受就是一种知识!"——乔治·爱略特作品中"感受"的认知作用	外国文学评论 2008年第3期
高晓玲	乔治·爱略特的"同情"观及其哲学渊源	外国文学 2009年第1期
乔修峰	乔治·爱略特与维多利亚时代的责任观念	外国文学研究 2009年第4期
王海萌	当代西方乔治·爱略特研究述评	国外文学 2010年第1期
罗杰鹦	怡情与致用:爱略特笔下的荷兰风俗画	国外文学 2010年第3期
罗灿	《米德尔马契》中的科学思想——从利德盖特的科学研究看乔治·爱略特的创作	外国文学评论 2010年第4期
廖昌胤	悖论伦理:《亚当·贝德》中海蒂的孩子死因新论	国外文学 2011年第4期
张金凤	《丹尼尔·德隆达》中的"他者"形象与身份认同	外国文学 2011年第4期
罗杰鹦	《米德尔马契》的批评接受研究	外国文学研究 2011年第5期
杜隽	论《罗摩拉》中道德问题的现实意义	外国文学研究 2011年第5期
罗灿	麦琪的困境与抉择——音乐在《弗洛斯河上的磨坊》的意义	外国文学 2011年第6期
袁英	《米德尔马契》:伦理关怀与道德寓言	外国文学研究 2012年第1期
徐颖	乔治·爱略特与圣经高级评断学	外国文学 2013年第4期
罗灿	地质学均变论思想与乔治·爱略特的道德观	外国文学 2014年第2期

续表

作者	论文题目	发表刊物及时间
王海萌	《激进主义者菲力克斯·霍尔特》政治思想探源	外国文学评论 2015 年第 1 期
殷企平	从自我到非我——《丹尼尔·德隆达》中的心智培育之路	外国文学研究 2015 年第 2 期
罗杰鹦	论乔治·爱略特的艺术消费与伦理义务观	外国文学研究 2016 年第 1 期
高晓玲	乔治·爱略特的转型焦虑	外国文学评论 2016 年第 1 期
罗灿	乔治·爱略特小说中的铁路意象	外国文学 2016 年第 1 期
杜海霞	21 世纪以来西方乔治·爱略特研究述评	当代外国文学 2016 年第 2 期
何畅	《丹尼尔·德隆达》中的音乐趣味	国外文学 2018 年第 1 期
王淑芳	论爱略特对罗莎蒙德的"敌意塑造"	国外文学 2018 年第 2 期

结　语

"英国性"是贯穿爱略特创作生涯的主线，爱略特对"英国性"的书写也体现出她对民族文化和民族身份不断反思和建构的过程。可以说，爱略特的写作之旅也是一场寻找英格兰的心灵之旅。爱略特研究已经走过了100多年的路程，批评家对爱略特的思想和作品丰富内涵的探索从未止步，爱略特也被贴上各种标签，如"女性主义者""保守主义者""中产阶级作家""帝国主义者""种族主义者"等，这些探索从不同角度照亮了爱略特研究，丰富了爱略特的形象。但是爱略特作品中最本质的内核到底是什么？为什么她的作品经久不衰，广受全世界读者的好评呢？也许打动读者的可能还是爱略特对民族精神的坚守和探索，因为她一直抱着一颗同情和理性的心态书写着英国本土的故事，这些普通人的悲欢离合与当时宏大的历史背景形成呼应和对照，谱写出了一部现代英国版的《奥德赛》。爱略特对"英国性"的书写正是为了建构英国的民族身份，改造国民性。

爱略特生活在英国的鼎盛时期——维多利亚时代。维多利亚作为英国历史上在位最长的一位女王，带领着她的子民铸造了一个巨大的丰饶角。在工业革命、议会改革、对外扩张等一系列的社会风潮下，英国发展成为当时最富有的资本主义国家，并先于其他国家进入帝国主义时期，成为"日不落帝国"。但是在进步思潮的裹挟下，"英国性"呈现出病态特征。爱略特对民族文化和民族品位的失落表达了深深的忧虑，并对英国社会的工业文明、两性关系、阶级文化和霸权意识进行一一驳斥和批判，体现出一位英国知识分子的良知。爱略特对工业文明的批判建立在对工具理性和现金联结反思的基础之上。工具理性和现金联结的盛行分裂了自我，又异化了群体，从而消解了传统的人际关系纽带，使英国社会沦为精神荒原。同时爱略特对英国的等级制度更是深恶痛绝，她不仅批判英国社会不平等的性属关系，还毫不留情地指出阶级文化的弊端，表明了希望打破阶级壁垒，构建新型民族文化的愿望。英国社会的排他性体现在岛国气质的狭隘性和帝国意识的霸权性中，是英国民众傲慢与偏见的产物。所以，"英国性"已经不再是风景如画、人际关系和谐的代名词而为"英国病"所替代，从而颠覆了传统的乌托邦形象。

爱略特在对"英国性"的弊端进行批判的同时，还积极地从个体和群体两个层面建构新的"英国性"。她认为社会改革的关键在于提高国民道德素养，因为个人的道德感维系着社会的稳定和发展。民族是由每个完善的个体组合而成的集合，只有个人道德意识的不断提高才能促进社会的良性发展。爱略特对"英国性"的建构首先就是基于对"自我"的塑造。在爱略特看来，理想"自我"的实现需要通过心智培育和文化教育等手段，道德情感的培养是重中之重。爱略特主要通过倡导同情心、责任感和正义感来建构"最佳自我"。爱略特认为，同情心是对他人的苦难、艰辛和懦弱的感受能力，它意味着摆脱狭隘的利己主义，对他人的遭遇表示理解和包容。而当个人伦理与社会伦理发生冲突之时，爱略特则选择了对责任的坚守，责任意味着忠实于亲人、家庭、民族和国家。爱略特笔下的正义和正直意味着客观公正地看待事物，坚守良知并拥有诚实的美德。

此外，爱略特还试图从群体的层面通过建构新的共同体文化实现对"英国性"的改造。她对中部英格兰乡村的描写并不是为了怀旧或者表达中产阶级的保守主义思想，而是通过强调乡土记忆培养一种扎根意识，使异化的群体重新找到情感的联结。共同体文化的建设还离不开女性和他者的参与。女性在家庭空间和公共空间承担的责任维护着家庭和民族的完整。爱略特对他者的关怀使其超越了对本民族命运的关照，体现其国际化的视野，从而使"英国性"具有多元性的特质。所以，爱略特建构的"英国性"是一种兼具乡土意识，女性意识和他者意识的共同体文化。

需要强调的是，爱略特眼中的"英国性"并不是一蹴而就，固定不变的，而是处于不断变化的过程当中，它时时刻刻都参与了当时维多利亚时代的历史演进和重大变革。爱略特书写"英国性"不仅是为了唤醒英国民众的忧患意识，还有为如何建构理想的英国社会提供了一定方向的目的，从而使其文学作品成为拯救民族文化的主要载体之一。具有民族责任感的爱略特对"英国性"的探索既体现出爱略特作为一名本土作家对英国历史文化的深厚情感，又蕴含着重建人类社会的强烈愿望，从而使其摆脱了狭隘的个人主义和民族主义。她的作品也具有普世价值和深厚的人文关怀，所以当今读者也应该像伍尔夫一样，献出我们的心意，将桂冠和玫瑰花安放在她的坟前。